# ● 차 례

# 르노와르

해설/全圭泰

서문당 • 컬러백과 —　서양의 미술 ④



## 全 圭 泰 略歷

延世大学校 國文科 졸/延世大学校　大学院 졸/文学博士/미국 하버드大学서 比較文学・文学史 연구/延世大学校 교수 역임/현 全州大学 学長/新美術会写生会員・創美会員/著書「韓国人의 美意識」「東西文化의 潮流」「幻想의 아즈테카王国/마야文明의 神祕 외 다수

## 모델의 초상
PORTRAIT DE MODÈLE

르노와르는 인상파 시대에 있어서도 반드시
인상파적인 기교에만 얽매이지 않았았다. 물론
그 역시 여느 인상파 화가들과 마찬가지로
빛의 효과에 대해서 적잖은 관심을 기울이기는
했지만, 그는 다만 빛이 쏟아지는 자연 속에서
자연만을 포착하려들지는 않았다. 빛이 얼마나
인간을 아름답게 만드는가, 또는 인물의
의상을 어떻게 하면 더욱 돋보이게 하는가
등을 골똘히 생각하면서, 햇볕이라는 것이
얼마나 값진 것인가를 알리는 데 주력했다.
　따라서 그는 인물을 테마로 할 때,
무엇보다도 빛을 이용하여 색조를 한층
다양하게 보이도록 하기 위해 안간힘을 썼다.
이 점이 일반 인상파 화가와 유별되는 르노와르
예술의 특징이다. 이 작품은 인상파전 직후의
것으로, 그러한 특징이 잘 나타난 그림이다.

1878~80년경　캔버스 油彩 46.5×38cm
파리 인상파 미술관 소장

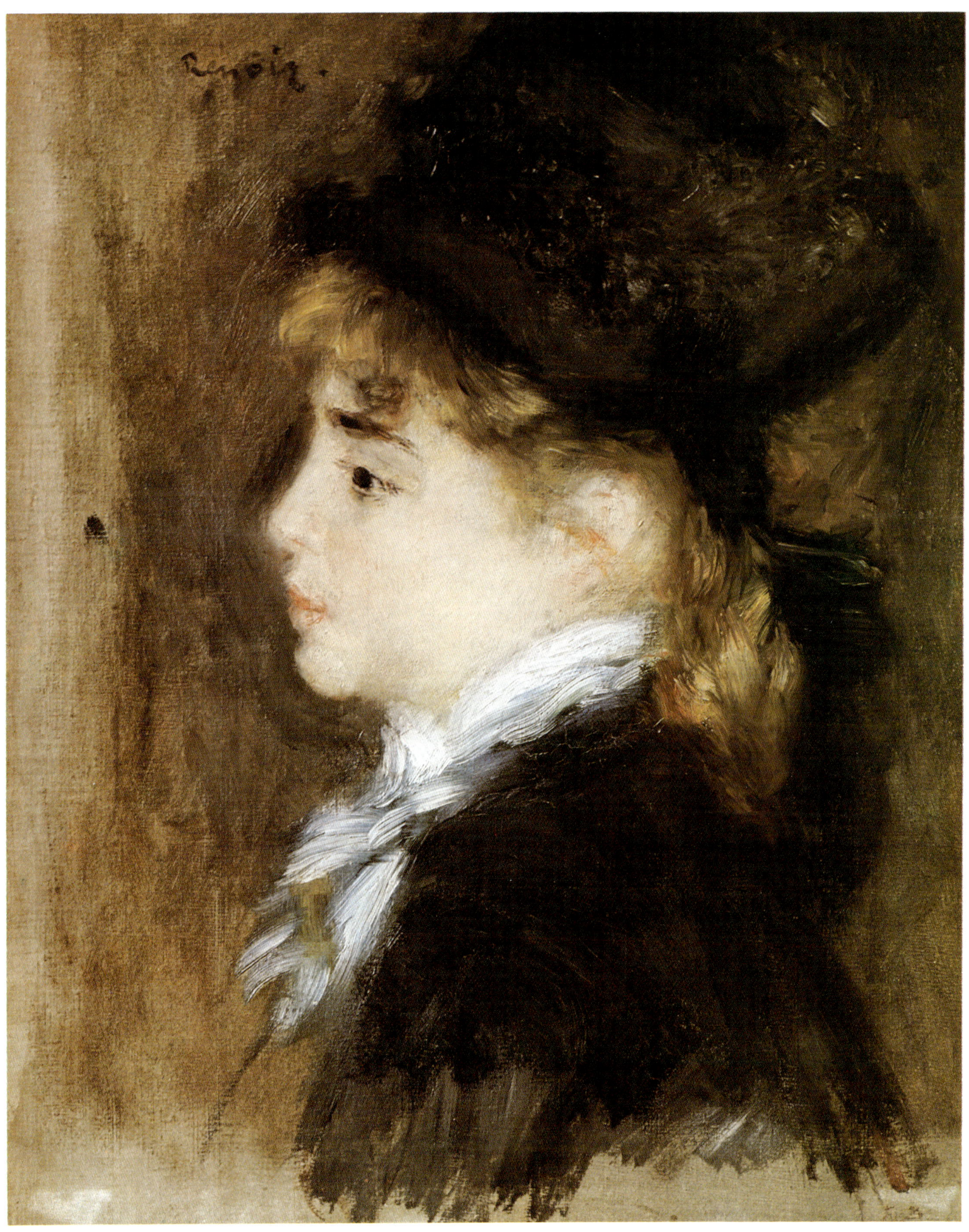

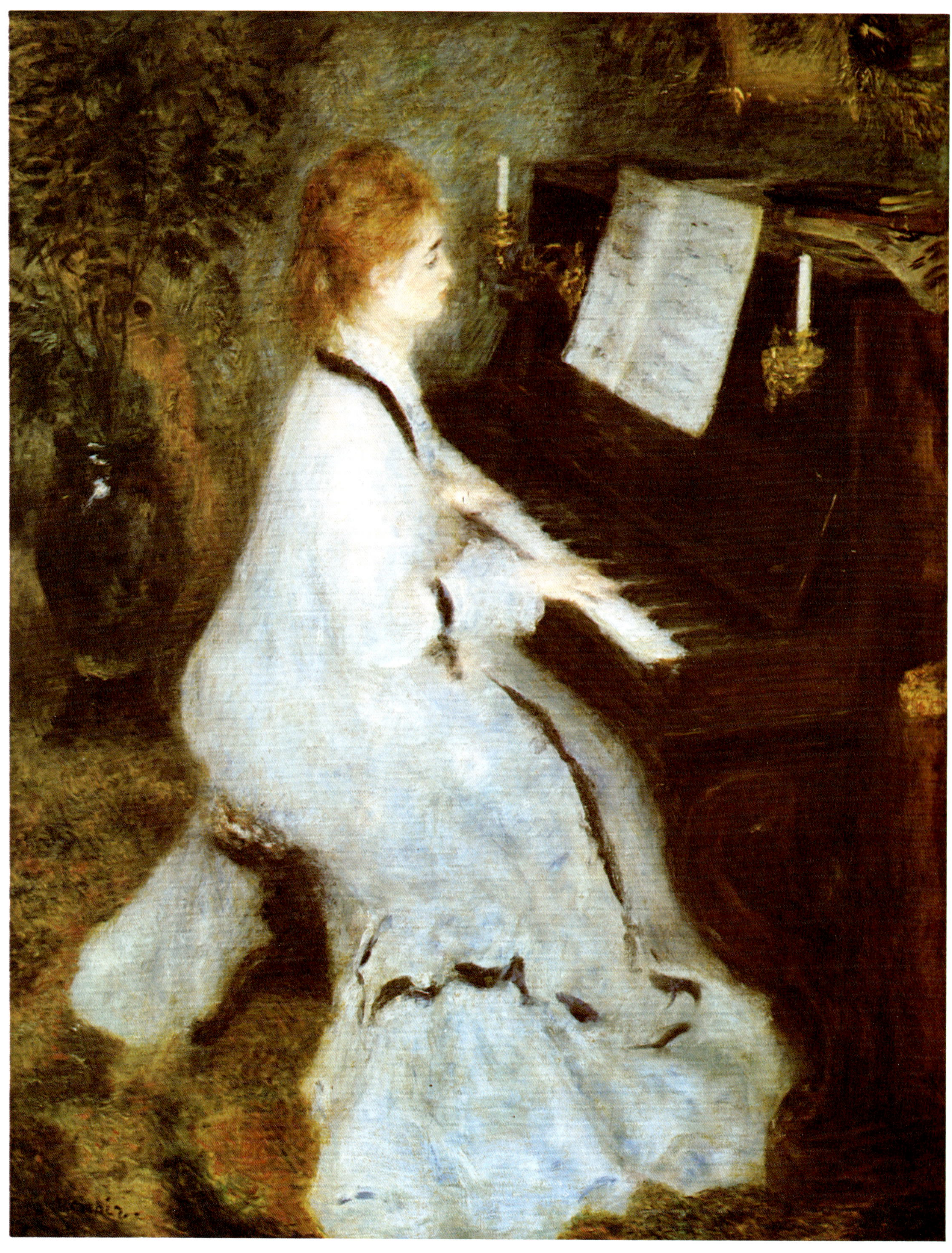

피아노 치는 부인
DAME AU PIANO

1875년 캔버스 油彩 93×73.5 cm
시카고 미술 연구소 소장

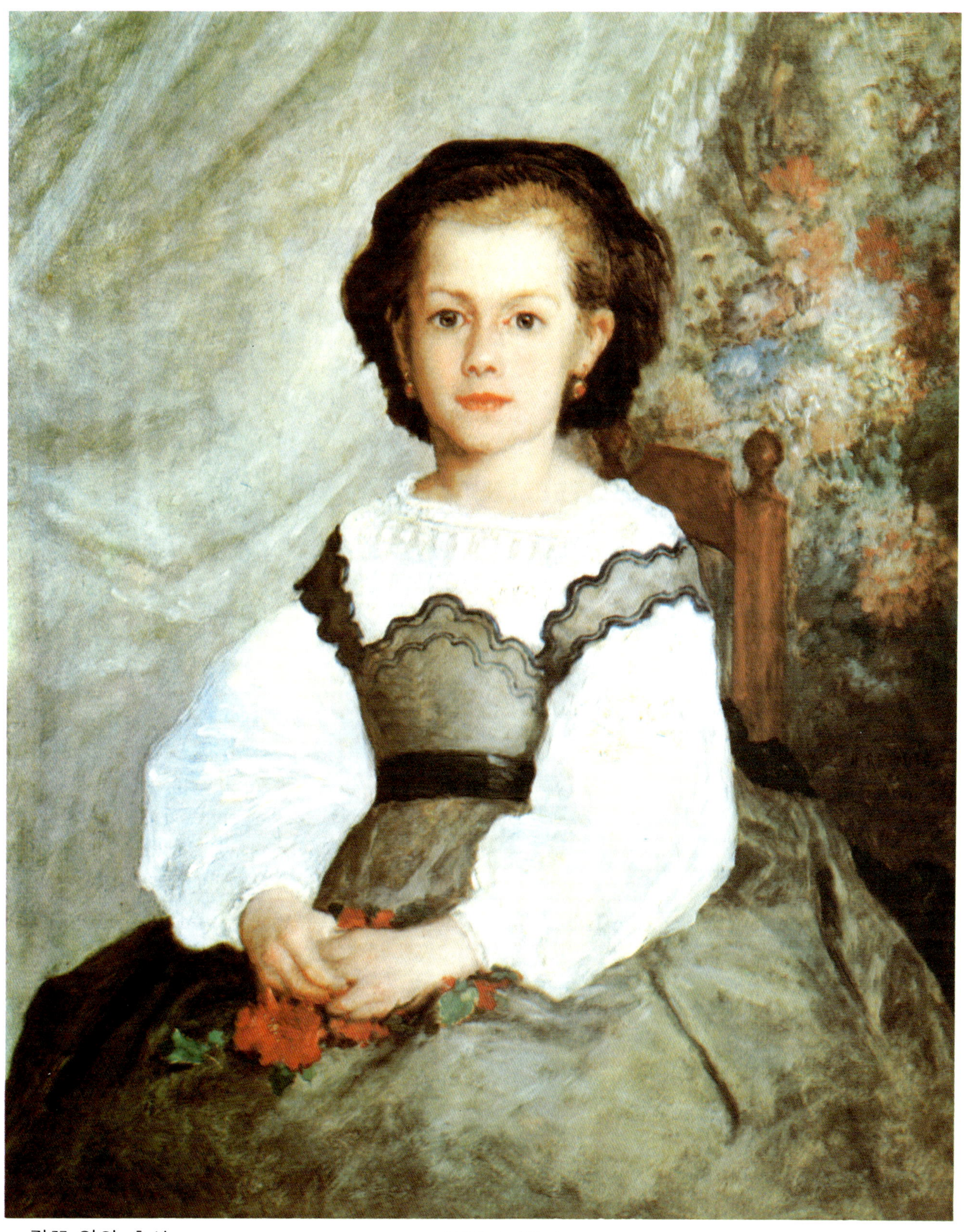

## 라꼬 양의 초상
PORTRAIT DE MADMOISELLE LACAUT

마치 사진을 보는 듯 지극히 사실적인
소녀상이다. 당시의 평론가 말마따나 「더 이상
오를래야 더 오를 데가 없을 만큼 고도의 회화
수법」을 보인 작품이다. 르노와르의 섬세하고
예민한 감성이 화폭 구석구석에서 번득인다.
　1863년은 르노와르가 〈춤추는 에스메랄다〉
로 살롱에 입선한 해다. 이 성공에 힘입어
초상화 주문이 많이 들어오기 시작했고,

초기이기 때문에 그는 그 어느 때보다도
정성껏 그리고 꼼꼼히 그림을 그렸다.
　이 작품으로 말미암아 르노와르는 그 성가가
높아지기 시작했다고 하는데, 마치 에나멜과도
같은 염색(艶色)을 지니면서도 한편으로
전아(典雅)한 색조가 억제된 감성을 느끼게도
한다. 아카데믹한 각고의 수련을 쌓은 혼적이
엿보이는 초기작이다.

1864년 캔버스 油彩　81×65cm
클리블란드 미술관 소장

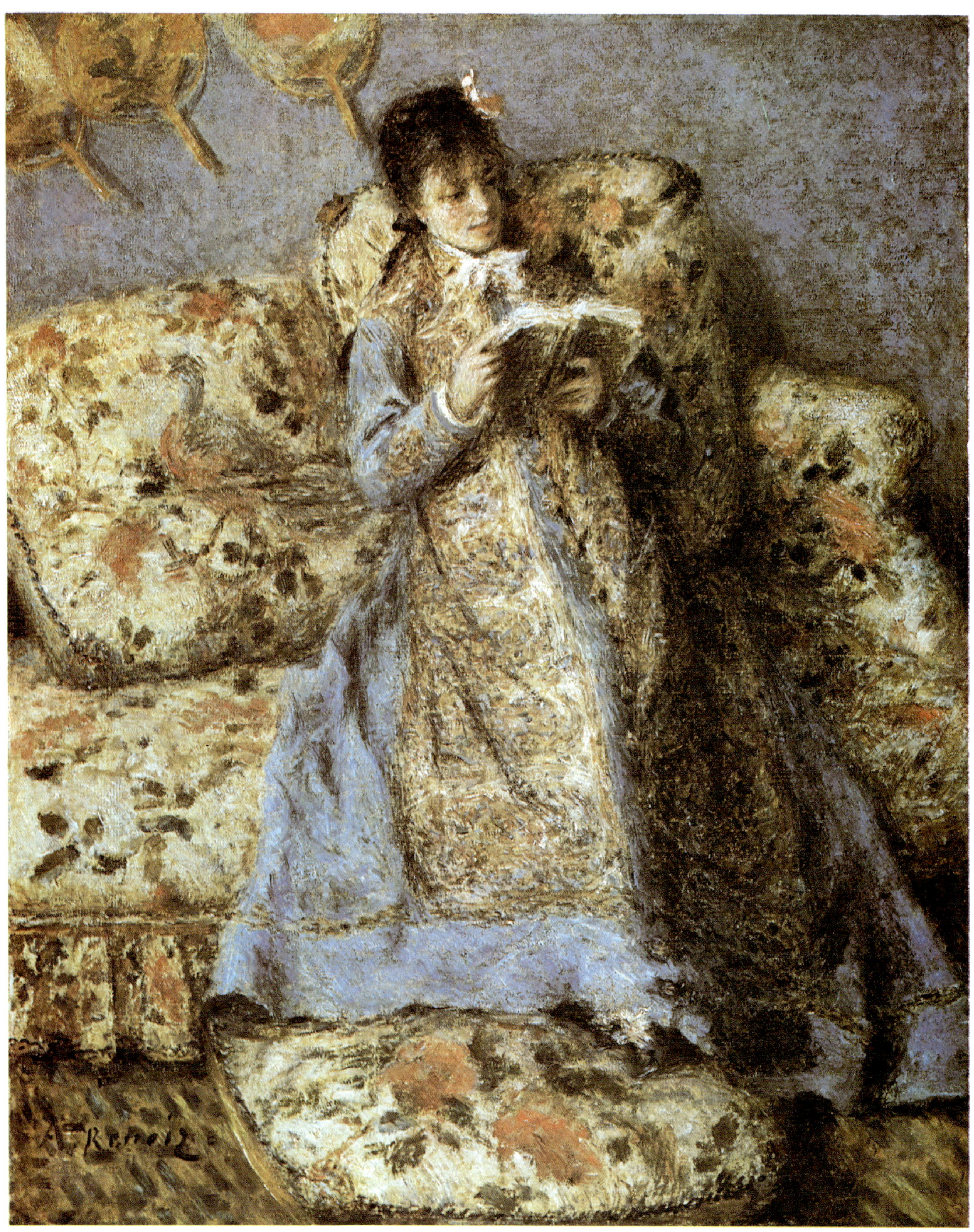

## 모네 부인상
PORTRAIT DE MADAME MONET

인상파의 화우(画友) 모네의 부인을 그린 작품이다. 이 그림을 그린 것은 인상파의 제1회 전시회가 열렸던 해로서, 젊은 르노와르가 용솟음치는 희망을 품고 이 새로운 그룹에 가입하여, 그 나름의 밝고 맑은 색조를 발전시켜 나가려고 했던 시대의 회화이다.

밝고 화사한 모네 부인의 의상과 그 배경이 되고 있는 큰 의자의 꽃무늬 모양이 하나로 어울려 아름다운 색조를 보이고 있다. 이 작품이 노리고 있는 것은 아마도 인물에 있다기보다는 이처럼 밝고 아름다운 빛깔의 휘황한 무늬를 회화적 효과로 여물게 하려는 데 있는 것 같다. 따라서 부인상이라고 하기보다는 부인을 중심으로 한 호사스런 색채의 영역을 조성(造成)하는 데에 그 역점을 두고 있어 보인다.

1872년경 캔버스 油彩 61.2×50.3cm
매사추세츠 클라크 아아트 인스티튜트 소장

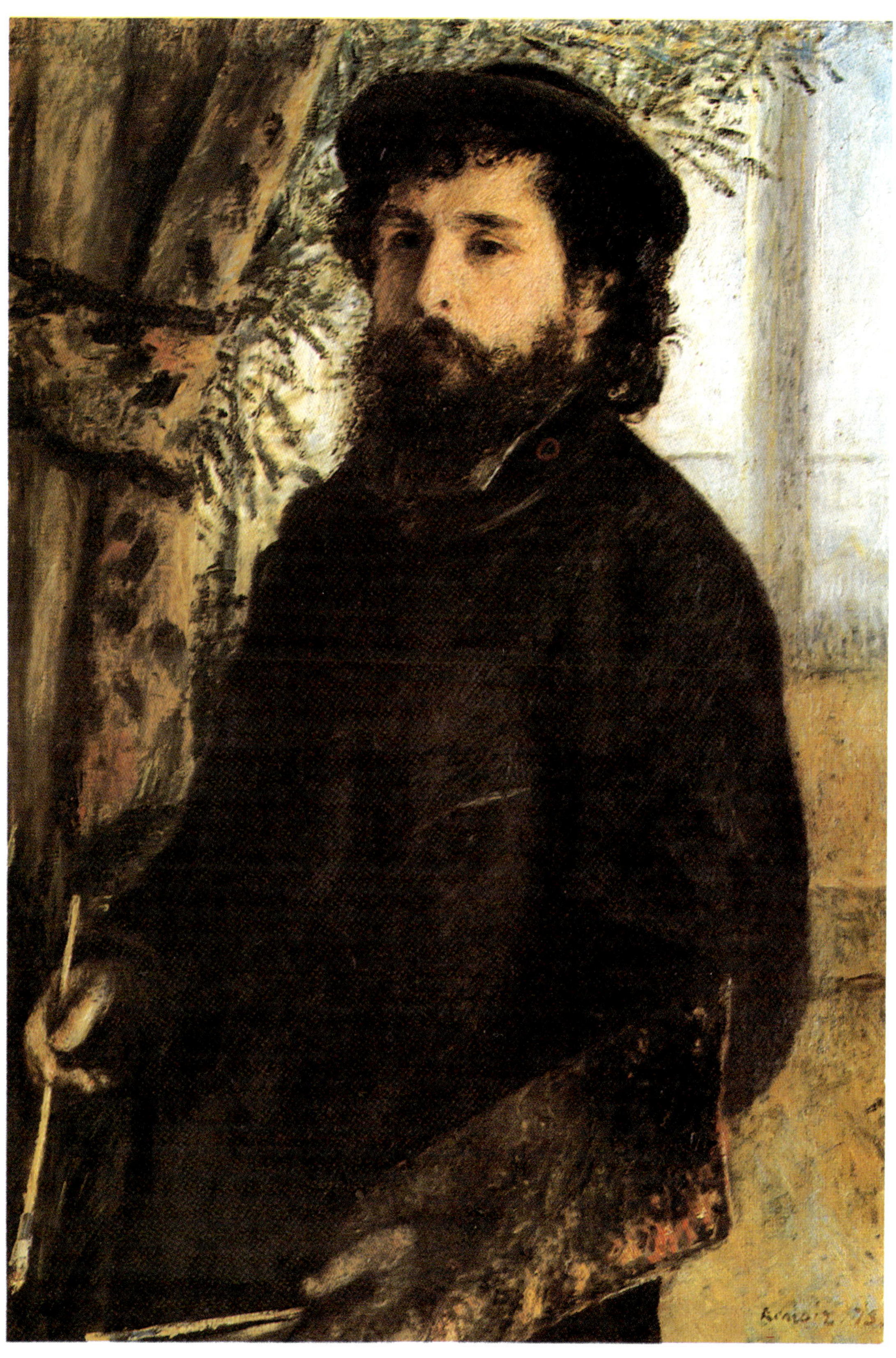

## 모네의 초상
PARTRAIT DE MONET

아르쟝뚜유에서 조그마한 뜨락이 있는
집을 전세 내어, 그림에 골몰하고 있을 무렵의
화우 끌로드 모네가 풍경화 제작에 열중하던
손을 멈추고 뭔가 깊이 생각에 잠겨 있는 듯한
모습을 그린 작품이다. 예술 창작에 심취된
화가의 진지한 모습을 유연한 필촉과 따뜻한
색감으로 잘 나타내 주고 있다.
　제2회 인상파전에 출품했던 이 작품은,
모네와의 우정을 나타냄과 동시에 인상주의가
가장 순수하게 추구했던 시기의 화가의 한

기록으로서 퍽 값진 그림이다. 모네는 바로 이
그림 속의 팔레트와 붓으로
〈아르쟝뚜유의 다리〉등 이 지방의 풍물을
즐겨 그려 그 나름의 빛과 색채의 향연을
베풀었다. 여인 초상이 대부분인
르노와르로서는 특이한 작품이다.

　1875년 캔버스 油彩　85×60.5cm
　파리 인상파 미술관 소장

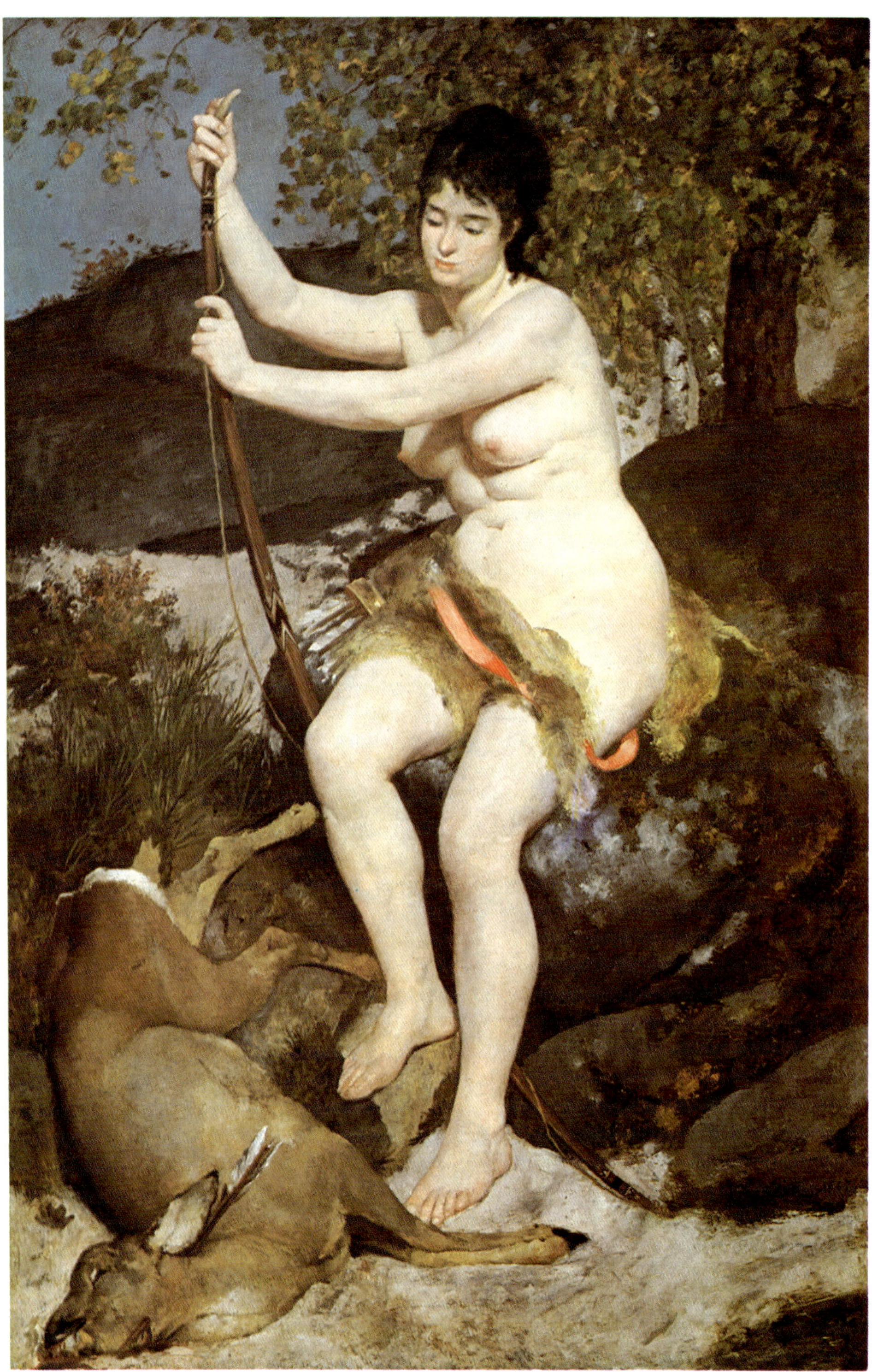

## 디아느
### DIANE

르노와르의 처녀작 가운데 일품(逸品)이다.
그의 나이 스물 여섯 살 때 그린 작품으로
화가로서의 첫발을 기념하는, 이를테면
「기념비적 작품」이다.
　화면 중앙에 사냥의 여신(女神) 알테미스,
즉 디아느가 금방 사슴 한 마리를 활로 맞춘
다음, 바위 위에 걸터앉아 노획물을 대견스레
굽어보고 있다.
　이 여신은 별로 신(神)답지도 않게 그려져
있다. 오히려 관능적인 풍만한 젊은 여자, 즉
요녀 같은 인상마저 준다.
　이처럼 여체에 충만한 양감(量感)은 선배인
쿠르베의 영향 탓이라고 보여지며, 배경의
나무나 하늘의 느낌은 코로의 자연 묘사를
방불케 한다. 하지만 선배들의 모방에 그치지
않고 여기서도 독자적인 기법을 충분히
발휘하고 있다.

　1867년 캔버스 油彩　192.5×128cm
　워싱턴 국립 갤러리 소장


## 浴女와 개
### BAIGNEUSE ET CHIEN

르노와르의 그 숱한 누드 가운데에서도
가장 윤곽이 뚜렷하고 선명한 이 회화는,
고혹적인 색감을 배경의 숲과의 대비에 의해
발랄하고도 풍만하며 또한 생동감이 넘치는
나부의 감각적인 표현이 두드러진 작품이다.
　S·레이멕은 이 나부의 포즈가 고대
그리이스의 비너스 조각상을 연상케 한다고
말했는데, 아마도 고전적인 분위기를 즐기던
살롱의 기호를 맞추기 위해서 이 그림을
제작한 것 같다.
　대담한 필촉(筆觸)이 빚어낸 이 아름다운
여인상은 쿠르베의 대담함과 코로의
정묘(精妙)함을 버무린 듯한 느낌이다.
　밝은 외광(外光)으로 노출된 나부의 요염한
살갗이 개와 대조되면서 유난히도 고혹(蠱惑)을
느끼게 한다.

　1870년 캔버스 油彩　184.1×114.9 cm
　상파울루 미술관 소장

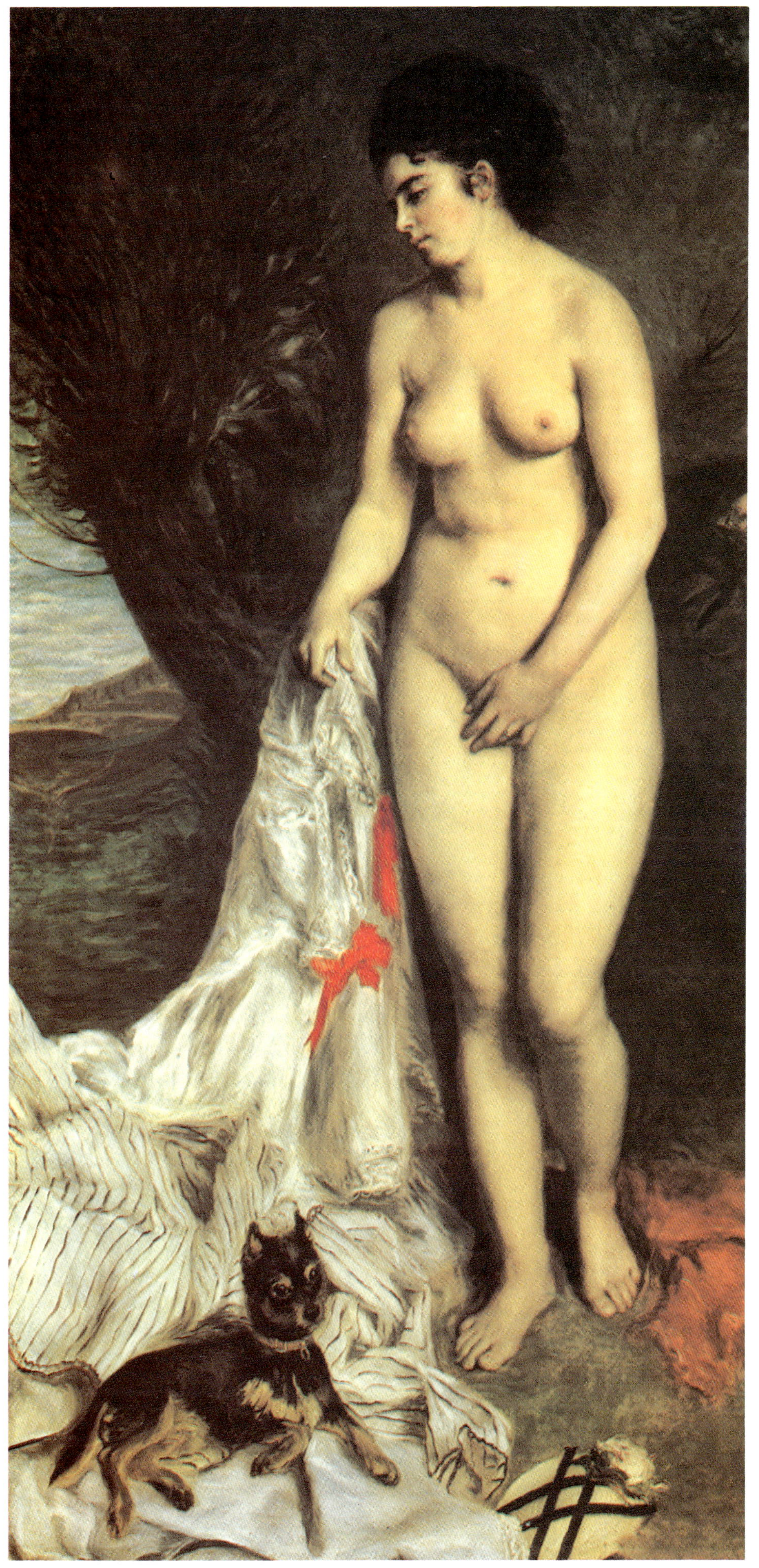

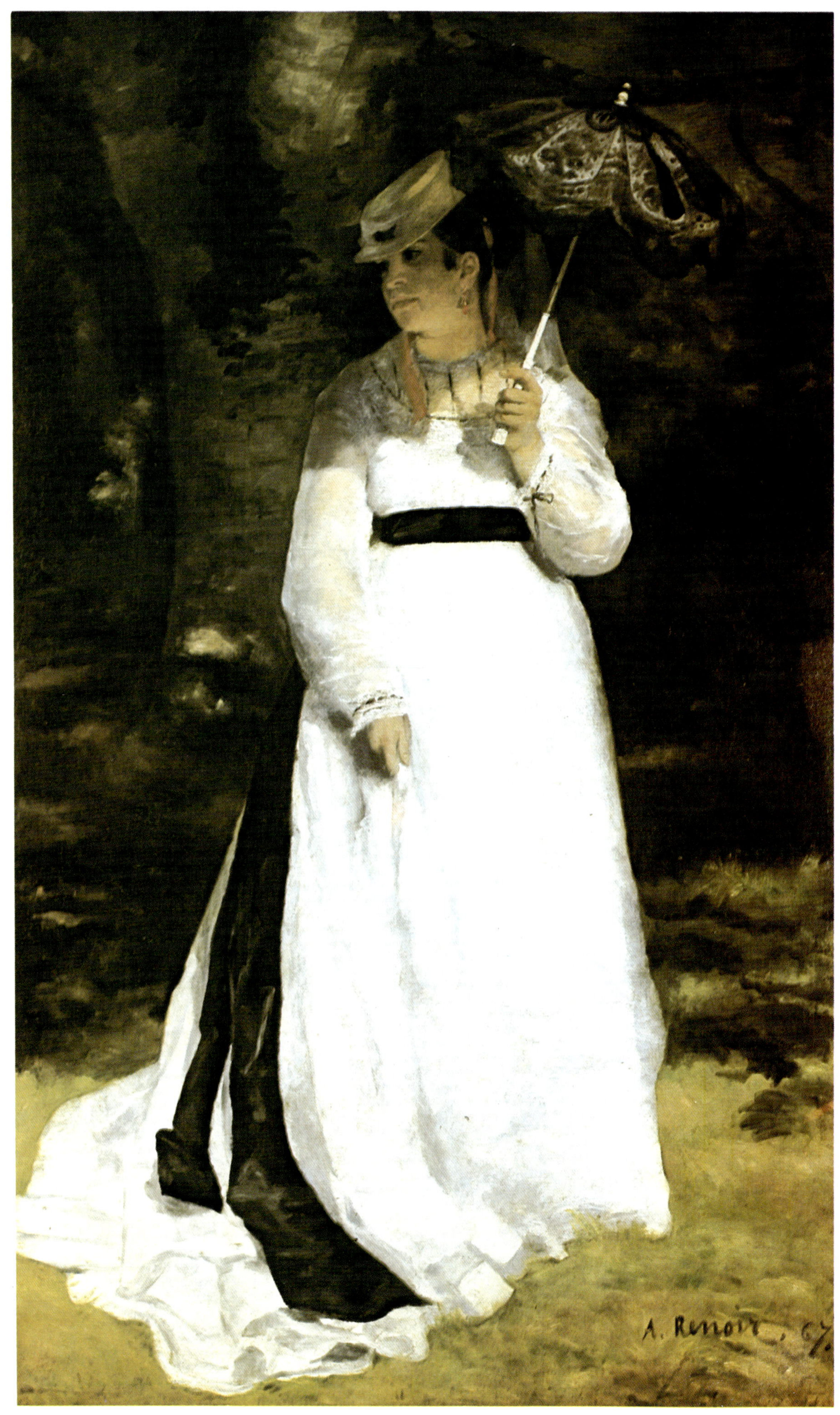

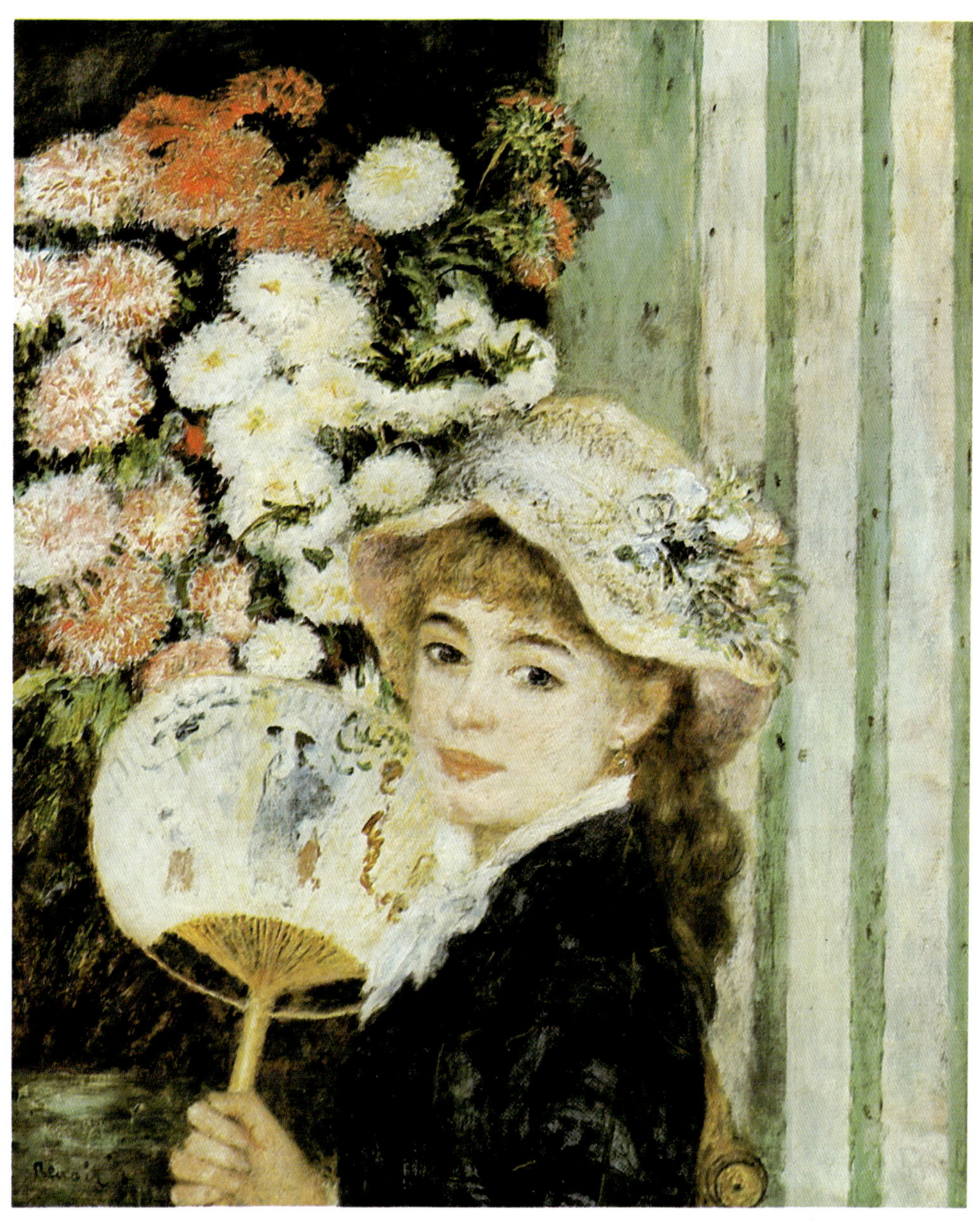

## 양산을 든 리즈
LISE À L'OMBRELLE

르노와르가 스물 여섯 살 되던 해의
작품으로서, 이 해는 인상파 그룹이 모이기
시작하던 무렵이다. 당시의 여느 화가들과
마찬가지로 들라크로아, 쿠르베 등의 영향을
두드러지게 느끼게 하는, 이른바 르노와르가
화가로서의 발전의 출발점을 보이는 작품이다.
　호외(戶外)의 볕살 속에 인물을 세워 놓고
그리는 이와 같은 그림은 당시의 젊은
화가들이 즐겨 사용하던 수법이다. 같은 해에
모네는 그의 연인(恋人) 까게유를 모델로 해서
〈마당의 여인〉을 그렸는데, 이에 뒤질세라
르노와르도 리즈를 샤이 안 삐엘의 여름
숲으로 데리고 나와 이 회화를 완성한 것이다.
　그녀의 흰 옷에 햇빛을 담뿍 싣고 있으며,
한 손에 든 양산 색채가 약간 어두운 배경
위에 부조(浮彫)된 품이라든가, 모델의 자연스런
일상적인 포즈 등이 퍽 인상적이다.

　1867년 캔버스 油彩 180.4×113cm
　에센 폴크왕 미술관 소장

## 부채를 든 소녀
JEUNE FILLE À L'ÉVENTAIL

예쁜 소녀를 전경(前景)으로 놓고
상반신만을 그린 이 작품은 뭔가 골똘하게
생각에 잠기고 있는 듯한 귀여운 얼굴에
초점을 맞추고 있다.
　이 유화의 윗부분은 화려한 꽃들로 가득하여
눈부시다. 르노와르는 소녀와 꽃이라는 두
가지 주제를 하나로 구도(構圖)하고 있다.
소녀나 꽃이 지니는 속성(屬性), 즉 아름답고
밝은 면을 강조하고 있는데, 그 나름의 화사한
색감을 십분 강조할 수 있는 좋은 화재(画材)가
아닐 수 없다. 딴은 이 두 소재란 르노와르를
지탱해 주는 주요한 것인데, 후기에는 이 두
주제가 제각기 독립하여 르노와르 예술로서
성숙해 갔다.
　소녀와 꽃을 잇는 곳에 그려진 부채는
구도상 중요한 구실을 하고 있다. 소녀의 둥근
얼굴과 둥근 부채가 짝지어 좋은 조화를
이루고 있다.

　1875년경 캔버스 油彩
　매사추세츠 클라크 아아트 인스티튜트 소장

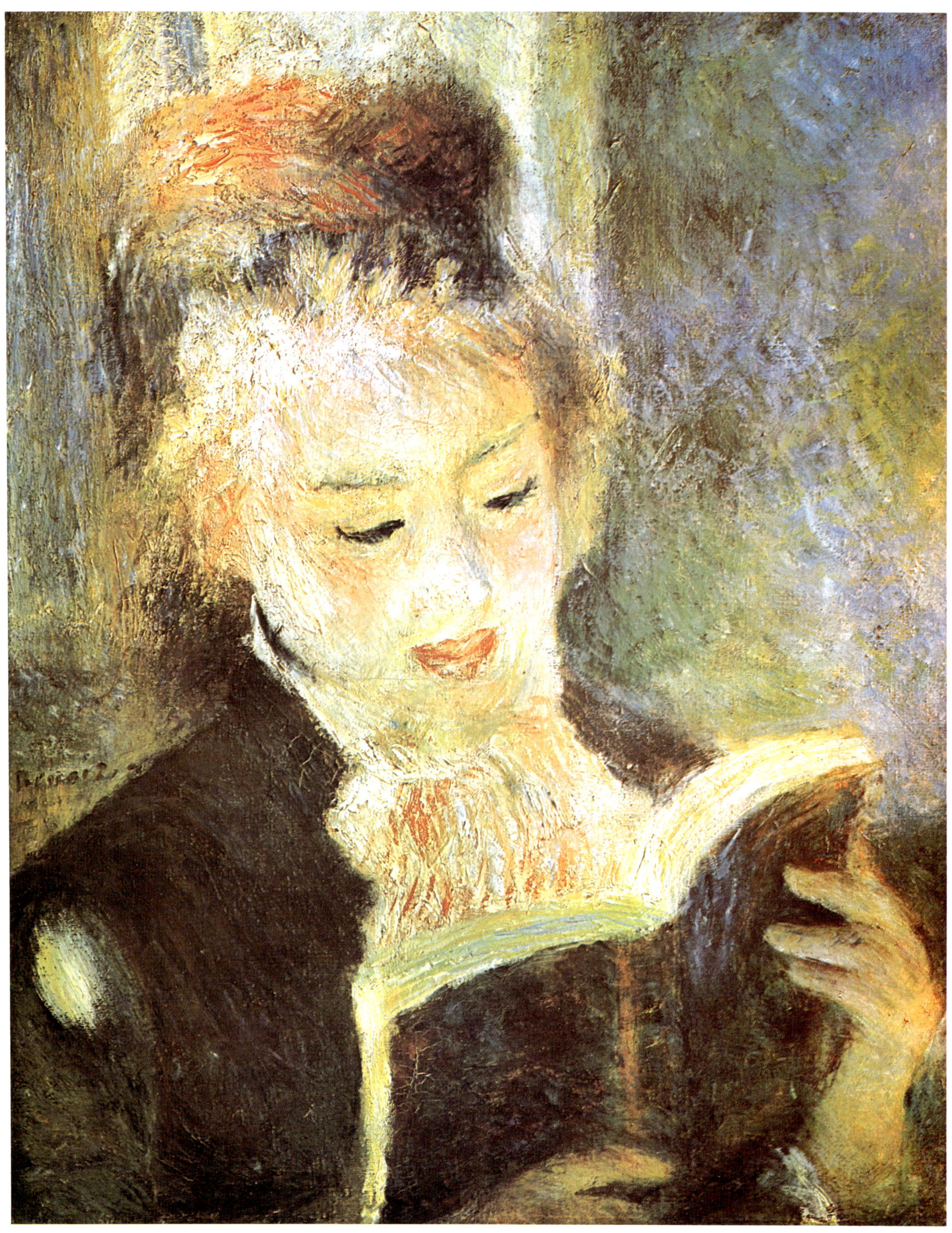

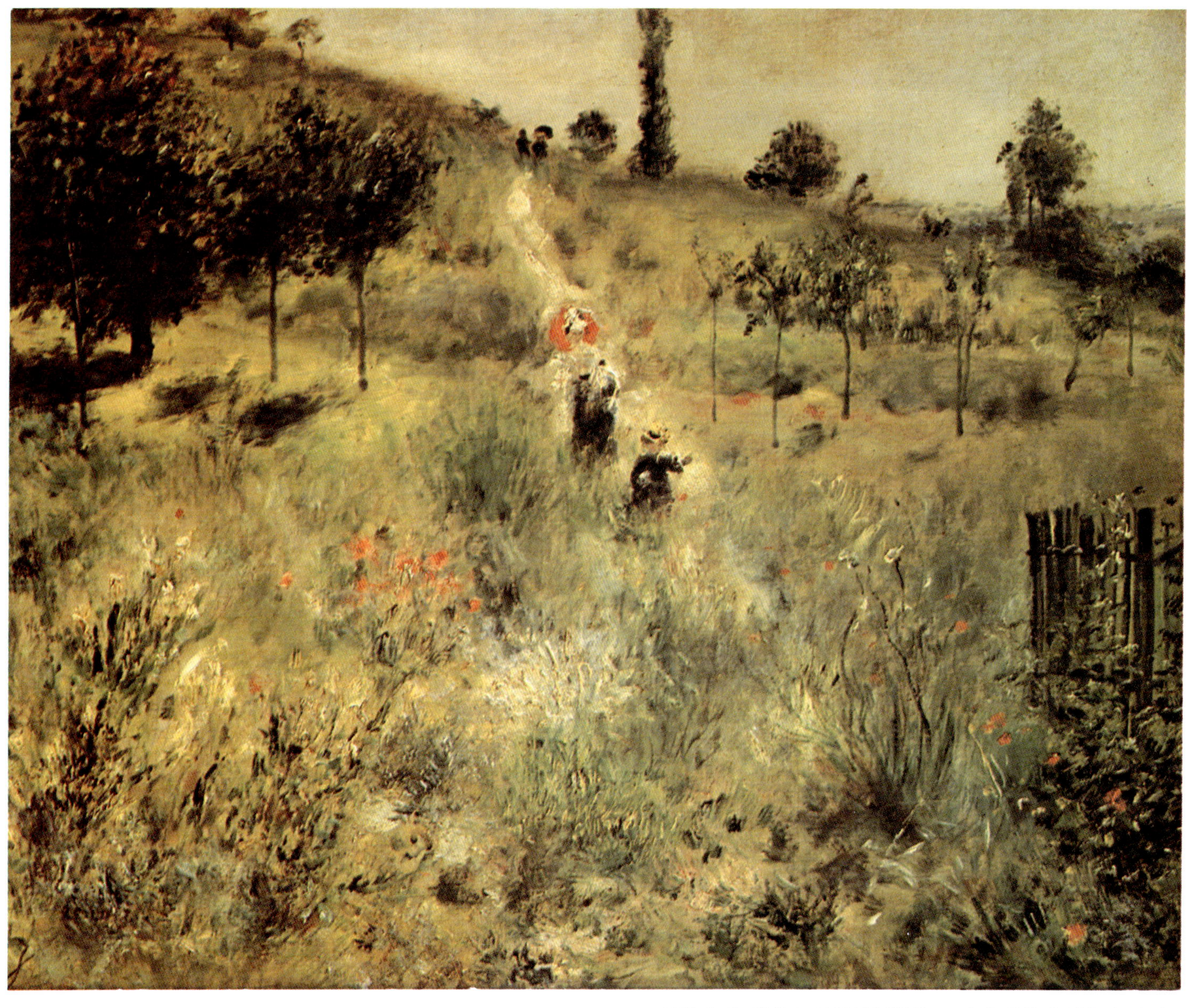

1875년 경 캔버스 油彩 59×73.7cm 파리 인상파 미술관 소장

## 독서하는 아가씨
LA LISEUSE

인상파 시대의 르노와르 작품에는 자연의
묘사보다는 인물, 특히 여인을 주제로 한
명작들이 많다. 이 그림도 그러한 작품 가운데
하나로서 젊은 시절의 르노와르의 특질을 잘
보여주고 있는 대표작이다.

여느 인상파 화가들은 밝은 햇빛 속에
펼쳐진 대자연을 즐겨 테마로 삼아, 밝은
색조를 강조하면서 자연의 빛깔을 추구해
나갔는데, 그에 비해 르노와르는 주로 인물을
중심으로 하여 빛의 효과를 탐색하고 있는
것이 그 나름의 두드러진 특징이라 하겠다.

이 그림에서도 창밖에서 흘러들어오는
부드러운 별살을 받아 역광(逆光) 속에서 젊은
아가씨의 즐거운 독서 삼매경의 한 순간을 잘
포착했다. 얼굴 한 면의 햇빛 반영이 밝아
싱싱한 생명감을 느끼게 한다.

1875~76년경 캔버스 油彩　46.5×38.5cm
파리 인상파 미술관 소장

## 초원의 비탈길
CHEMIN MONTANT DANS LES
HAUTES HERBES

인상파풍의 밝은 별살에 넘치는
명랑한 정경을 시원스레 그린
작품이다. 작품 한가운데 한줄기
비탈길을 그려 이를 그림의
주축으로 삼고 그 좌우에 나무와
풀밭을 펼쳐놓아 녹색과 노란 빛깔이
서로 버무려지는 부드러운 색감을
곱게 쓰고 있다. 그 사이에 붉은
꽃과 빨간 우산을 점점으로 찍어
악센트를 주어 선명하고 여유있는
색감을 갖게도 한다.

이 화폭 전체에서 풍기는
섬세하고도 유연한 필촉은 르노와르
특유의 감각으로서 이와 똑같은
테마를 피사로나 모네도 그렸지만
이같은 유화(柔和)한 감촉은
르노와르 독자(独自)의 것이 아닐
수 없다. 또한 르노와르의 풍경화
구도는 결코 무리하지 않고
자연스레 경묘히 다룬다는 점도
특색임을 이 그림을 통해 이해하게
된다.

르노와르　15

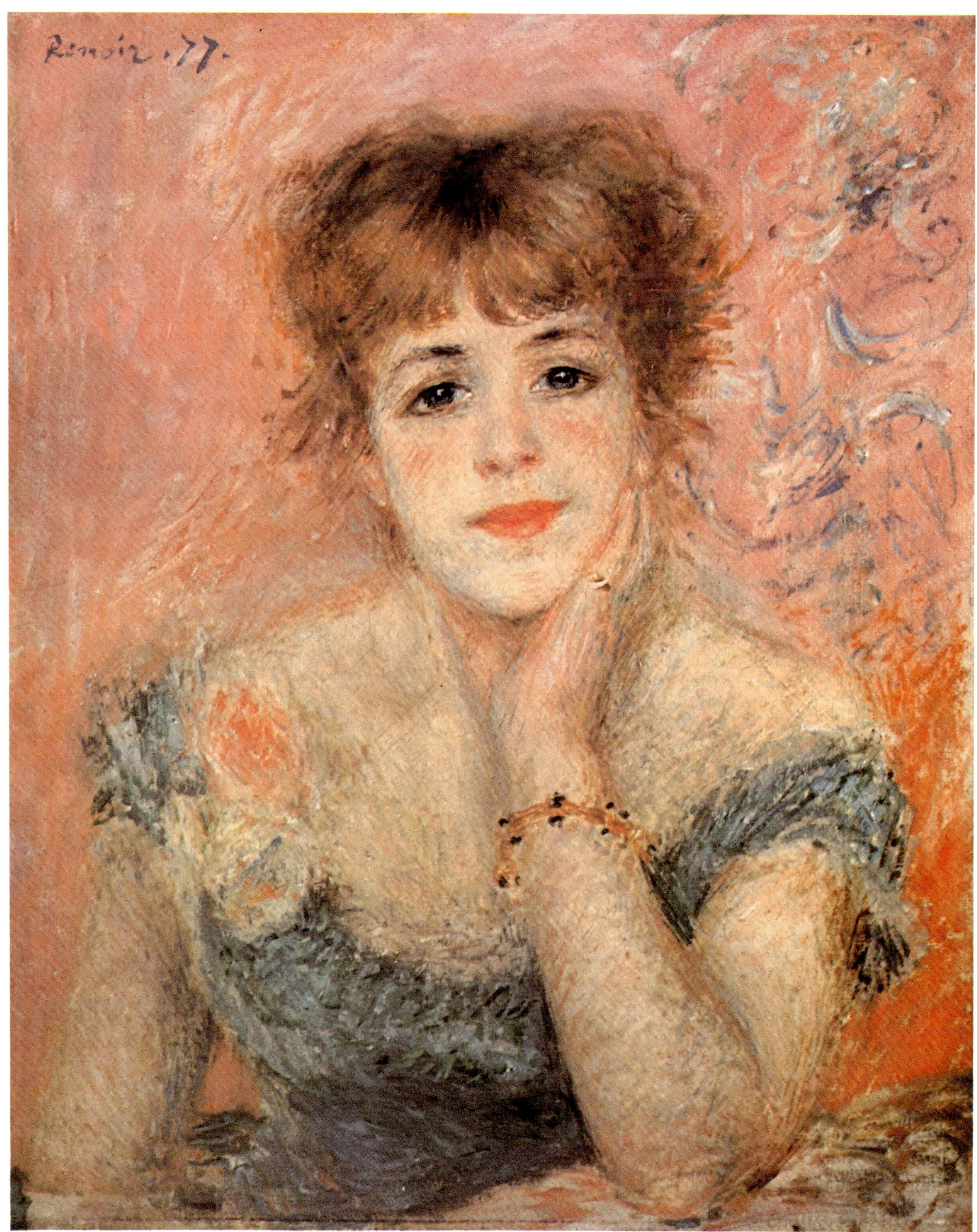


## 사마리 부인의 초상
PORTRAIT DE MADAME SAMARY

밀도(密度) 짙은 눈부신 핑크 빛깔을 배경으로 깔고, 마치 이 화려한 분위기 속에 흠뻑 젖어 있는 듯이 우아한 여인이 턱밑에 손을 받치고 정면을 바라보고 있다.

그 청징(淸澄)한 눈은 지적(知的)으로 빛나고 있고, 입술과 어깨 언저리에 붉은 색조가 산점(散点)하고 있고, 한편으로 여기에 짙은 녹색의 의상이 알뜰히 대비(對比)되고 있다. 그리고 이런 뭇 빛깔들이 마치 하나로 용해된 듯도 하면서 쾌적한 색감으로 잘 나타나 있다.

이 그림의 모델은 당시 파리에서 인기 절정에 있었던 유명한 여배우이다. 그녀는 매우 쾌활한 성격의 소유자로서, 발랄하면서도 지적(知的) 매력이 넘치는 미인이었다고 한다. 이에 매혹된 르노와르는 그녀의 전신상도 그렸다.

1877년 캔버스 油彩 56×46cm
모스크바 푸시킨 미술관 소장

## 첫나들이
### LA PREMIÈRE SORTIE

이제 가까스로 어엿한 예비 숙녀가 된 한 소녀가, 어머니를 따라서 극장 관객석에 설레이는 마음으로 두리번거리고 있는 이 그림은, 마치 스냅 쇼트와 같은 자유 자재로운 시각으로 퍽 자연스럽다.

얼핏 즉흥적인 붓놀림으로 쉽사리 그린 것 같기도 한 이 작품은, 학교를 마치고 이제 어른들의 사회 속에 뛰어드는 듯한 첫나들이를 겸한 관극(觀劇)에 나선 소녀의

이 도큐멘터리 터치는 「현대를 그려 보겠다」는 르노와르의 야심작이기도 하다.

이 아가씨를 옆으로 보고 이를 근경으로 처리했으며, 계단 아래의 객석이나 무대를 조금 엿보이게 하여 원경 처리를 함으로써 교묘한 구도를 이루고 있다.

1875~76년경 캔버스 油彩 63.5×50cm
런던 국립 갤러리 소장

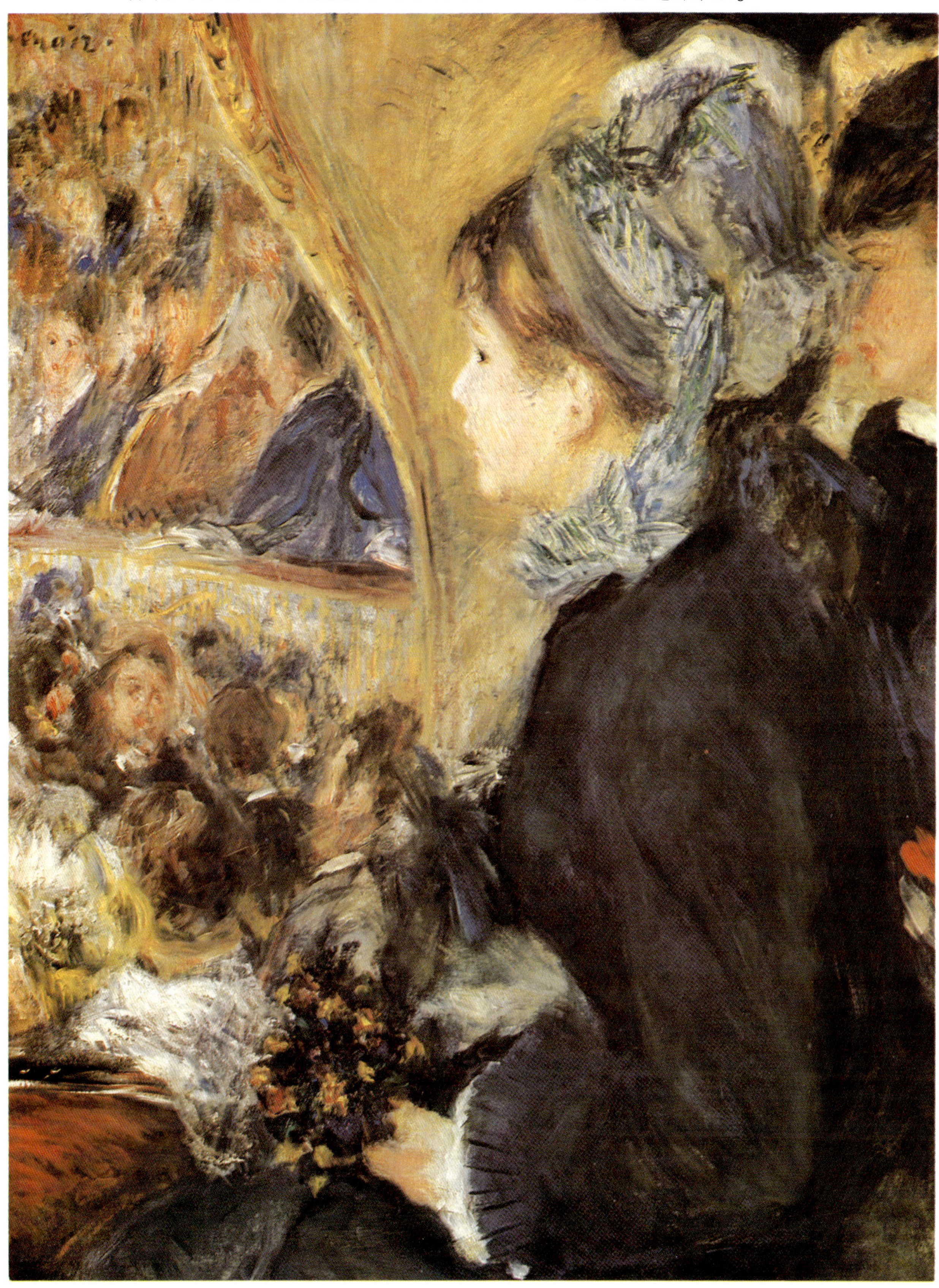

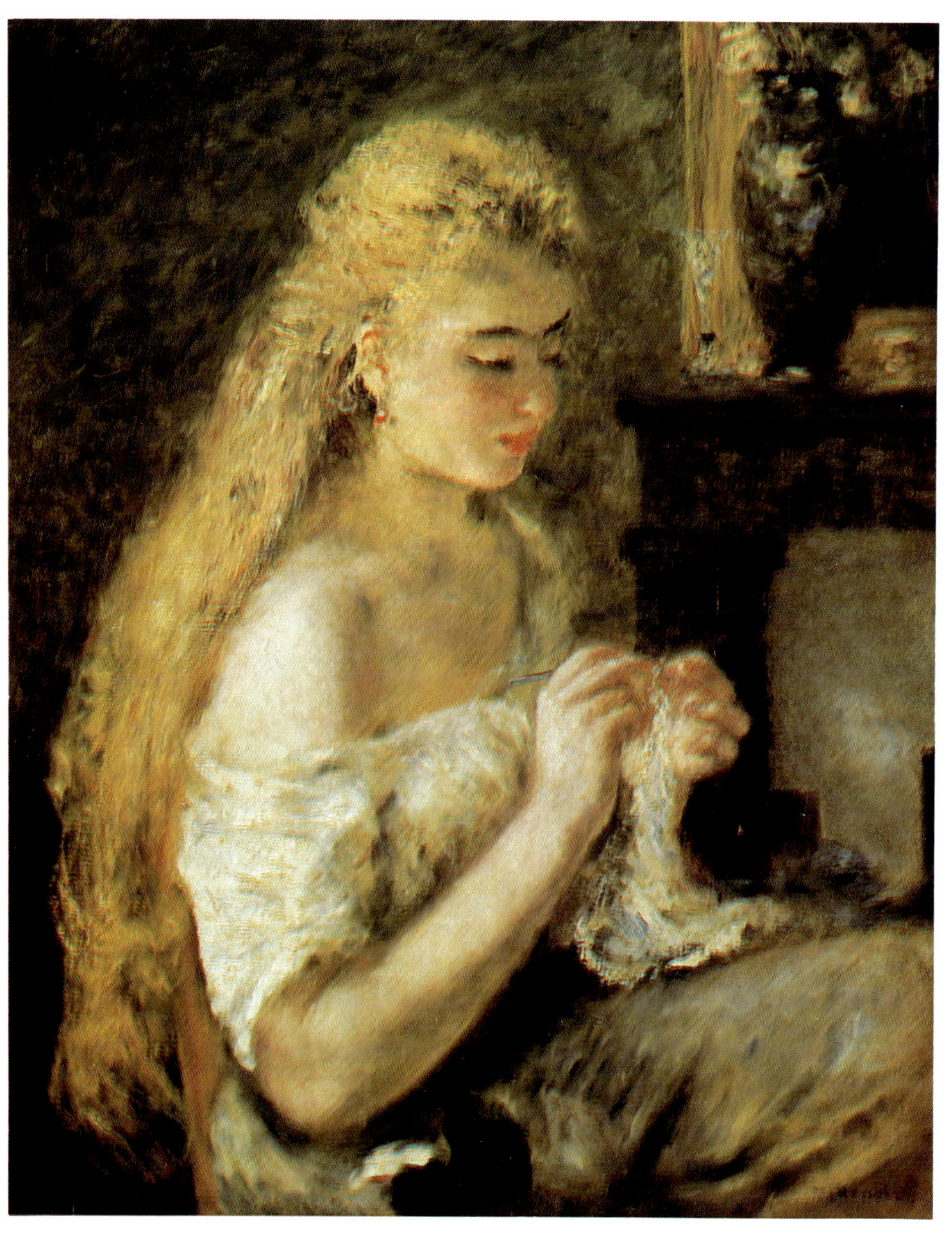

## 뜨개질하는 아가씨
JEUNE FILLE CROCHETANT

비스듬히 옆을 향한 아가씨의 초상인데,
작품의 특징은 밝은 빛을 한껏 받고 그 빛에
의해 풍윤한 색시의 밝음과 아름다움이
부각(浮刻)되도록 그렸다는 점이다. 대부분의
인상파 화가들은 볕살을 받은 자연의 정경을
추구하는데 힘을 기울였는데, 르노와르도 빛에
감싸인 자연을 안 그린 것은 아니지만,
그보다는 인물에 더 관심을 가졌고, 특히
부인의 초상화를 즐겨 그렸다.
　르노와르는 인물 묘사에 있어 인상파의
특징을 살리려고 애를 썼는데, 여기서도
바깥에서 스며드는 빛의 묘사를 통해 신선하고
발랄한 젊은 여성의 분위기를 잘
부상(浮上)시켜 놓았다. 긴 머리, 볼, 어깨,
팔로 흐르는 빛과 그늘과의 대비를 통해
유화(柔和)한 촉감이 잘 드러나 있다.

　　1875년경 캔버스 油彩　75×60.5cm
　　매사추세츠 클라크 아아트 인스티튜트 소장

## 이레느　깡　단베르 양의 초상
PORTRAIT DE MADEMOISELLE IRÈNE CAHEN
D'ANVERS

가슴을 조이고 있듯 긴장한 눈매로
무엇인가를 열심히 응시하고 있는 가련한
소녀상은 뭔지 모를 연민(憐憫)의 정 같은
것을 느끼게 한다.
　이러한 소녀상은 르노와르가 즐겨 다루는
소재의 하나이다. 당시 별로 많지 않았던 그의
예술의 옹근 이해자였던 은행가 루이 깡
단베르 씨의 귀여운 막내딸이 모델이 되어
주어서 퍽 조심스레, 그리고 정성스레 이
그림을 그렸다고 한다.
　놀란 토끼처럼 똥그란 눈, 투명한 살결의
프로필은 유연한 붉은 자색의 머리칼에 감싸여
더욱 돋보인다. 길게 늘어뜨린 머리칼의 한
가닥, 한 가닥은 르노와르 특유의 흐르는 듯한
붓놀림으로, 산만한 듯하면서도 매끄럽게
다듬어졌다. 청결하고 감미로운 작품이다.

　　1880년 캔버스 油彩　64×54cm
　　개인 소장

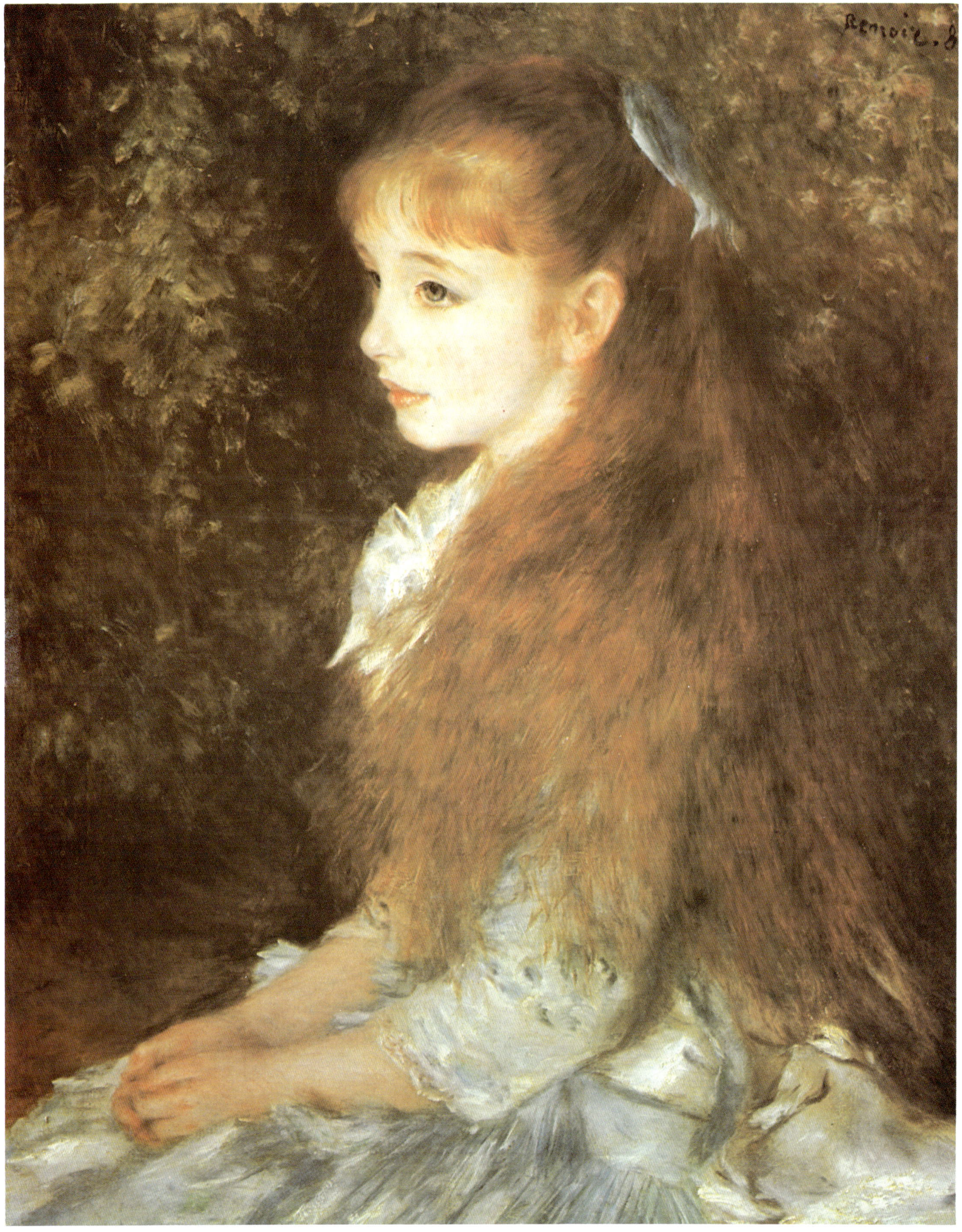

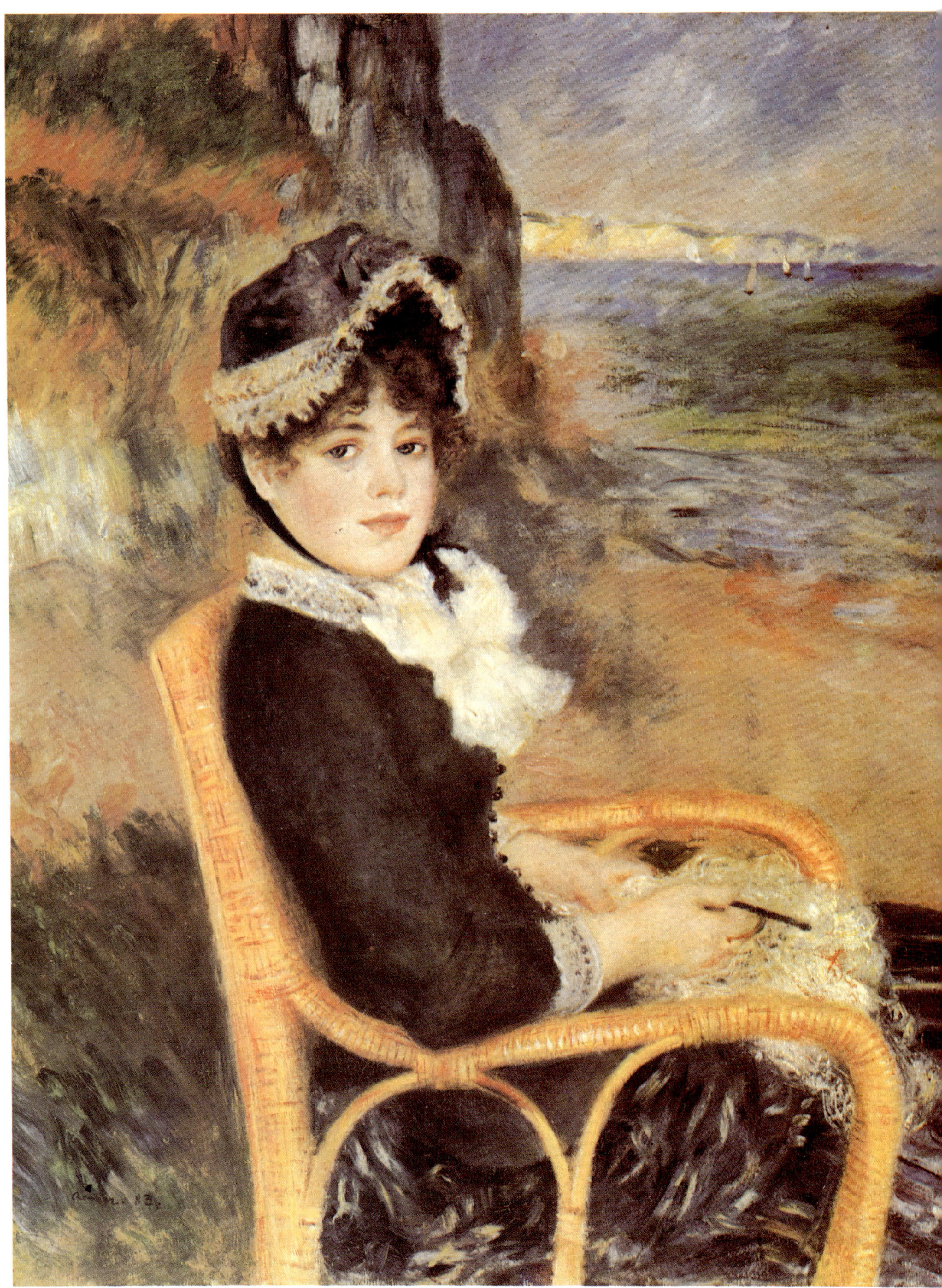

바닷가에 등의자를 내놓고 앉아 있는 한
귀부인을 그린 작품이다. 이 등의자의 느낌과
배경인 바다가 별로 어울리지 않은 것 같고,
의자의 묘사도 매우 사실적이고 딱딱해
보인다. 이처럼 전경(前景)과 배경 사이에
다소간 괴리감(乖離感)을 안 느끼는 것은
아니지만, 이것이 도리어 일종의 효과가 되어
이 부인을 고전적인 분위기에 감싸이게 하고도
있다.

이는 아마도 르노와르가 이탈리아 여행을 할
때 받았던 고전 회화의 영향 탓이 아닌가
여겨진다. 그는 고전 회화가 지니는 딱딱한
형식에도 관심을 기울이게 되면서,
색종(色種)의 단순화와 형체의 정착화에도
진일보하게 된다. 부인의 눈언저리와 머리
부분의 필법에서도 고전적인 필촉을 느낀다.

1883년 캔버스 油彩　92×73cm
뉴욕 메트로폴리탄 미술관 소장
The Metropolitan Museum, New York

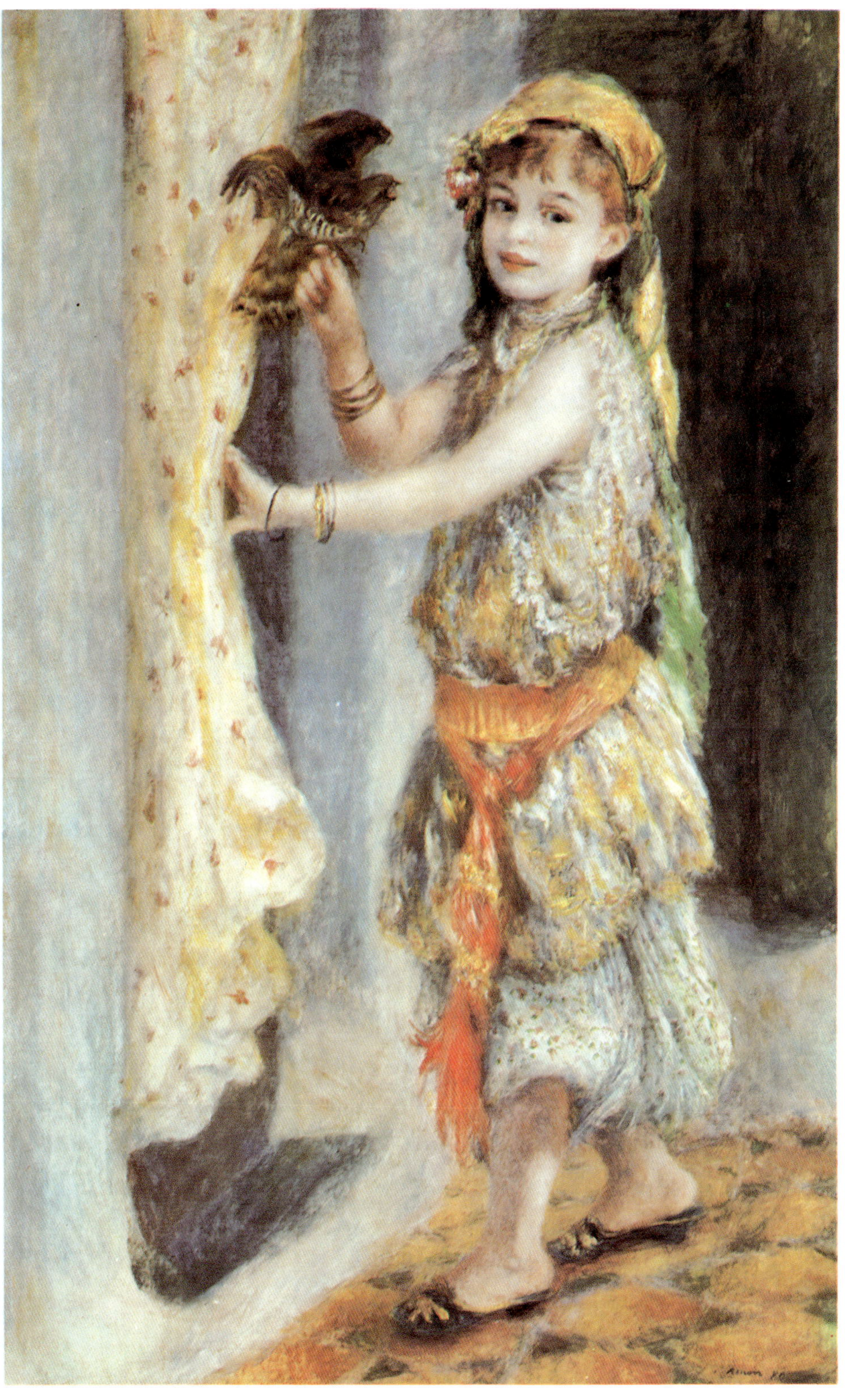

매를 가진 소녀
LA FILLETTE AU FAUCON

매(鷹)라고 하는 야생적인 새와 귀엽고 예쁜
소녀와의 야릇한 대조의 효과를 아마도
르노와르는 이 그림에서 노린 것 같다.

이 그림의 가장 중심 대상인 소녀를 그는
매우 정치(精緻)하게 그리고 있다. 그에게는
대체로 두 가지 묘사법이 있는데, 그 하나는
이 작품에서처럼 놀랄 만큼 섬세한 붓끝으로
우아하게 그리고 정성스레 다듬어 나가는
수법으로, 이는 어엿한 직인적(職人的)인
기법에 속한다.

다른 하나는 전체를 하나의 색조 속에
융합시키는 묘사 방법인데, 이는 매우 세밀한
기법으로서, 비단 얼굴만이 아니라 옷이라든가
또는 주변 사물을 그릴 때에도 미묘한 질감을
보인다.

이 그림은 이 두 가지 묘사법을 다 사용하고
있다.

1880년 캔버스 油彩　126.5×78.2cm
매사추세츠 클라크 아아트 인스티튜트 소장

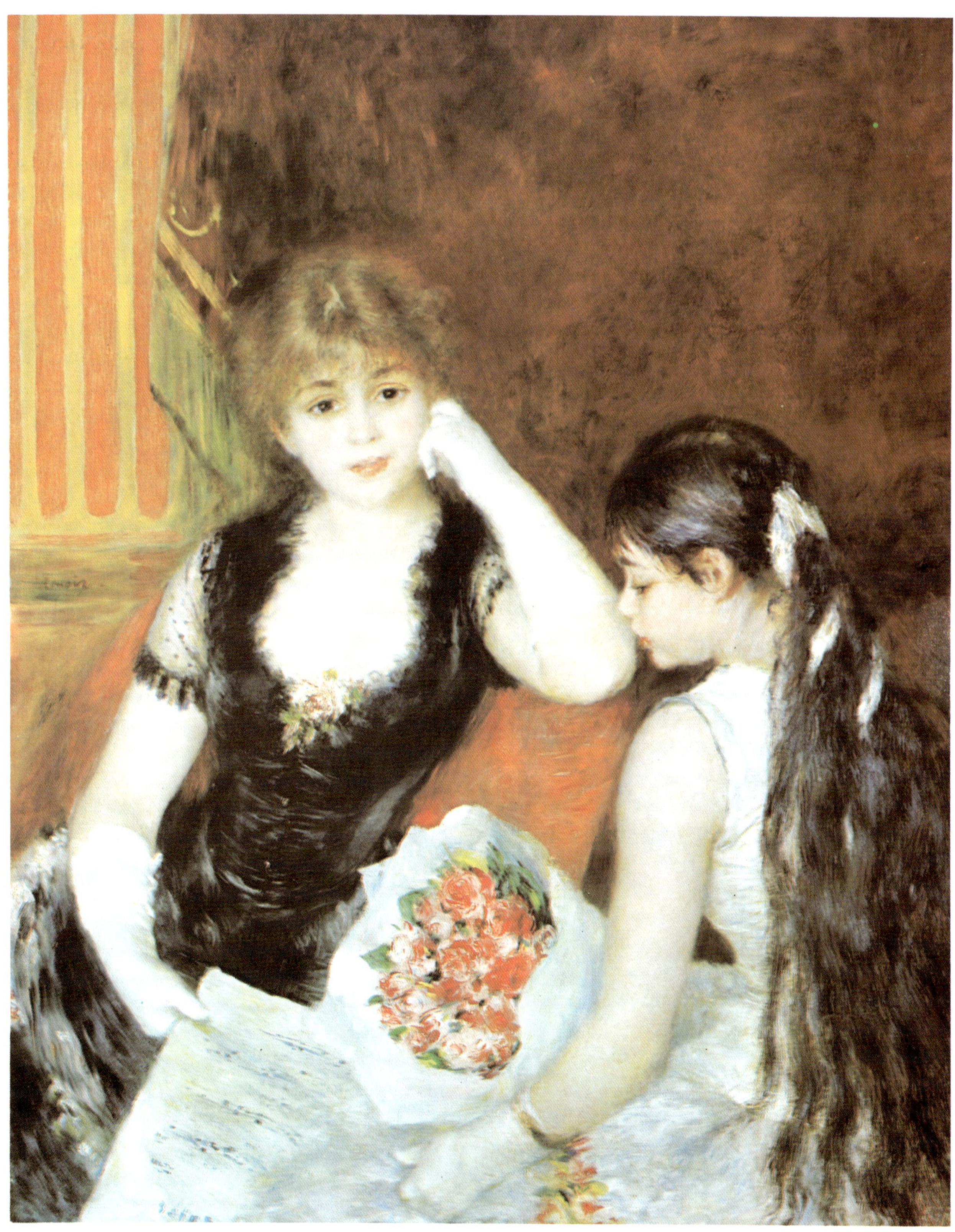

## 음악회에서
### LA LOGE

음악회에 출연하여 꽃다발을 받은 다음 무대
뒤 휴게실에서 잠시 쉬고 있는 장면이다.
　차분히 앉아 있는 두 소녀와 꽃다발 등 매우
우아한 테마를 극히 아름다운 색조로 나타내
주고 있는 이 그림은, 퍽 극명(克明)한 묘사를
하고 있어 상당히 엄격한 사실(寫實)의 화법을
보여 주고 있다.
　그의 나이 서른 살에 접어들면서부터

르노와르는 친구들과 새로운 그룹을 만들어
새로운 화법을 채택케 된다. 즉, 이른바
인상파 시대에 접어들게 되는데, 이 무렵에 그는
곧잘 소녀들을 모델로 해서 그림을 그리곤
했다. 특히 발랄한 젊은 소녀들을 대상으로
하여 즐겨 그림을 그린 까닭은 소녀의
아름답고 청신하며, 또한 순진 무구 함에
당시 매료(魅了)되었기 때문이다.

1880년 캔버스 油彩　99.2×80.6cm
매사추세츠 클라크 아아트 인스티튜트 소장

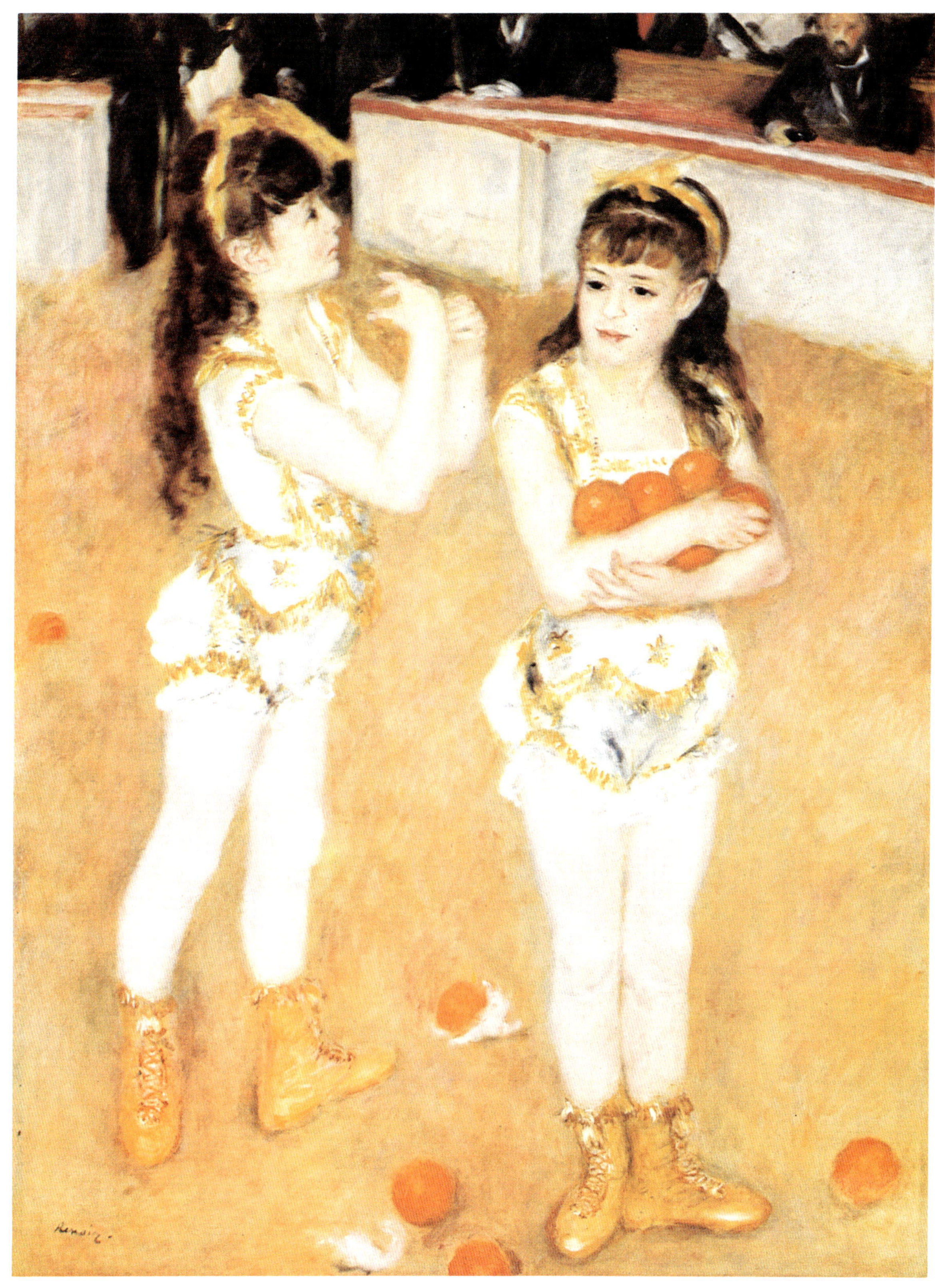

## 페르난도의 서커스 소녀
FILLES DE S. FERNANDO

밝음, 발랄함, 따뜻함 등을 사랑한
르노와르는 서민들을 보는 시각(視角)에
있어서도 로트렉이나 드가처럼 날카로움이나
풍자 같은 것은 좀처럼 찾아보기 힘들다.
　그는 「놀이」속에서 삶의 충일(充溢)함을
찾고, 일상성 그 자체를 밝고 따뜻하게
묘출한다.

언제나 흥청거리는 몽마르트르에 천막을 친
서커스 단장 페르난도 발덴베르크의 두 딸을
모델로 한 이 그림에서도, 르노와르의 그런
속성을 쉽사리 감득할 수 있다.
　따뜻하게 보이는 마루를 배경으로 하여 약간
시점(視点)을 높이 잡아 굽어보는 듯한 묘사를
가미하면서, 두 소녀의 앳된 모습을 세련된
색채로 돋보이게 하고 있다.

1879년 캔버스 油彩　130×98cm
시카고 미술 연구소 소장

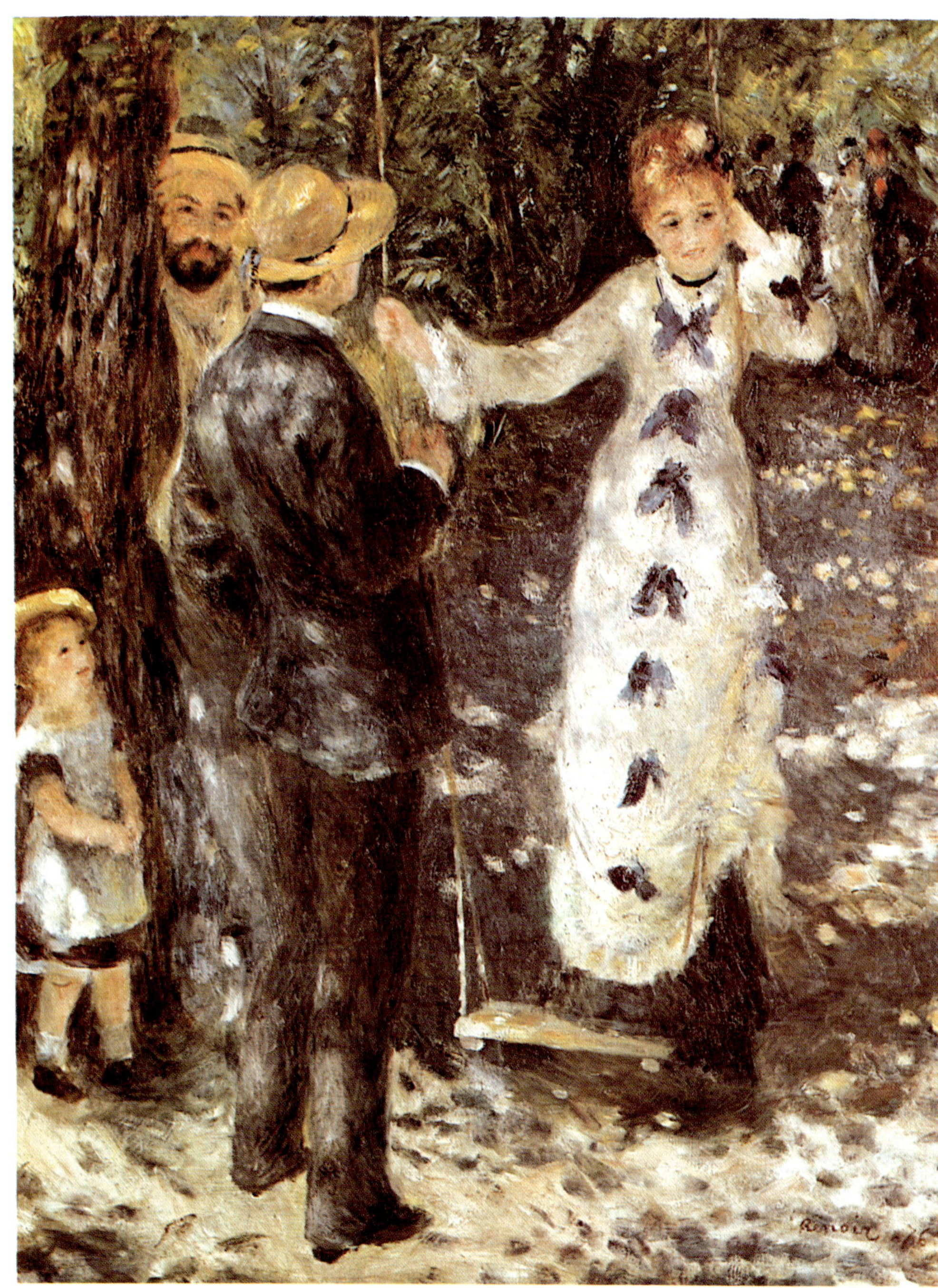

## 그네
### LA BALANÇOIRE

공원의 그늘, 산책길에서 만난
지인(知人)들의 다소곳한 대화 장면이다.
　매우 혼해빠진 일상적인 정경이, 르노와르의
애무하는 듯한 붓의 촉감으로 말미암아,
놀라울 정도로 밝은 빛의 세계를 나타내 주고
있다.
　프라고나르가 그린 〈그네〉처럼 그렇게
우아한 세계는 아니지만, 서민들의 충족한
생활의 숨결이 그런대로 눈부신 광휘를
떨치면서 밝게 실현되어 있다.
　나무 사이로 흘러내리고 있는 빛의 줄기가
화면의 도처에 명멸(明滅)하면서 나뭇둥걸과
오솔길이 한결 아름다운 빛으로 반영되고
있고, 멈춰 서 있는 그네 역시 마치 쾌적한
리듬으로 여유롭게 움직이고 있는 듯이도
보인다.
　이 그림에서도 르노와르는 자연의 묘사
못지않게 인물의 표현에 적잖은 관심을
보이고 있음을 잘 알 수 있다.

1876년 캔버스 油彩　92×73cm
파리 인상파 미술관 소장


## 우　산
### LES PARAPLUIES

　잡답한 파리의 노상(路上)에 봄비가
갑작스레 뿌리기 시작한다. 손에 든 우산을
황급히 펼쳐든 사람들, 거리는 한결 더 붐비는
인상이다.
　르노와르다운 발랄함과 서민적인 친숙함이
넘치는 작품임에는 틀림없다. 그러나 그의
작품치고는 뭔지 모르게 차가운, 그리고
창백한 톤을 이 그림에서 느낀다. 우산의
아아치의 반복과 선 구성의 준엄함, 딱딱한
붓자국의 리듬이 이 화면에서는 느껴지는데,
이는 르노와르가 라파엘로의 예술에 끌려,
이태리의 여행에서 폼페이의 벽화(壁画)에
감복하여 전환기를 맞기 시작할 무렵의
작품이다. 즉 고전 벽화가 지니는
선려(鮮麗)한 색조의 영향을 적잖이 받아
색종(色種)이 줄어들고 있어 보인다.
　종래의 그 나름의 색조의 융화를 본령으로
했던 그의 수법이 차츰 형체를 끌어들이는
방법으로 옮겨가고 있다.

1881～86년경 캔버스 油彩　180×113cm
런던 국립 갤러리 소장

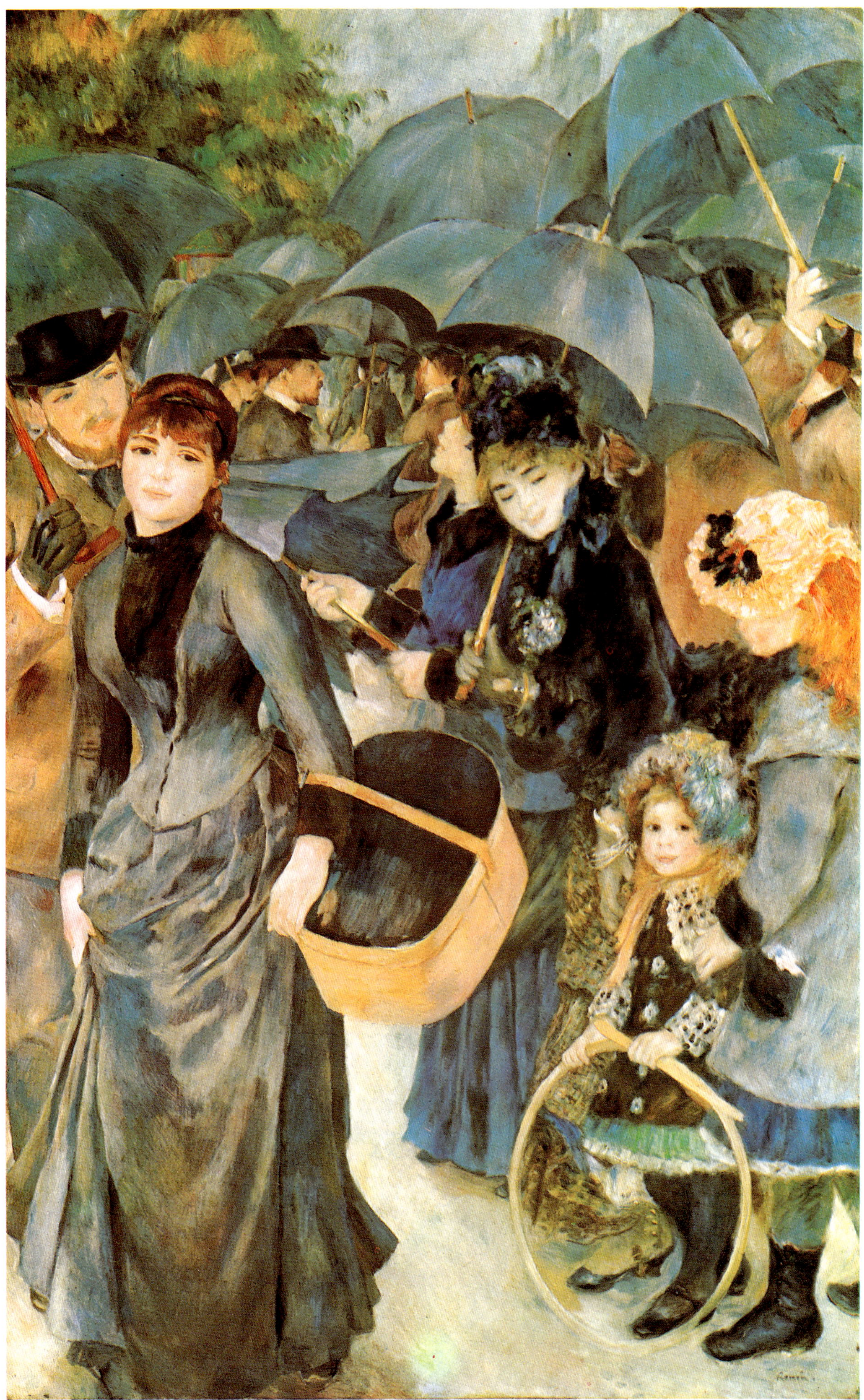

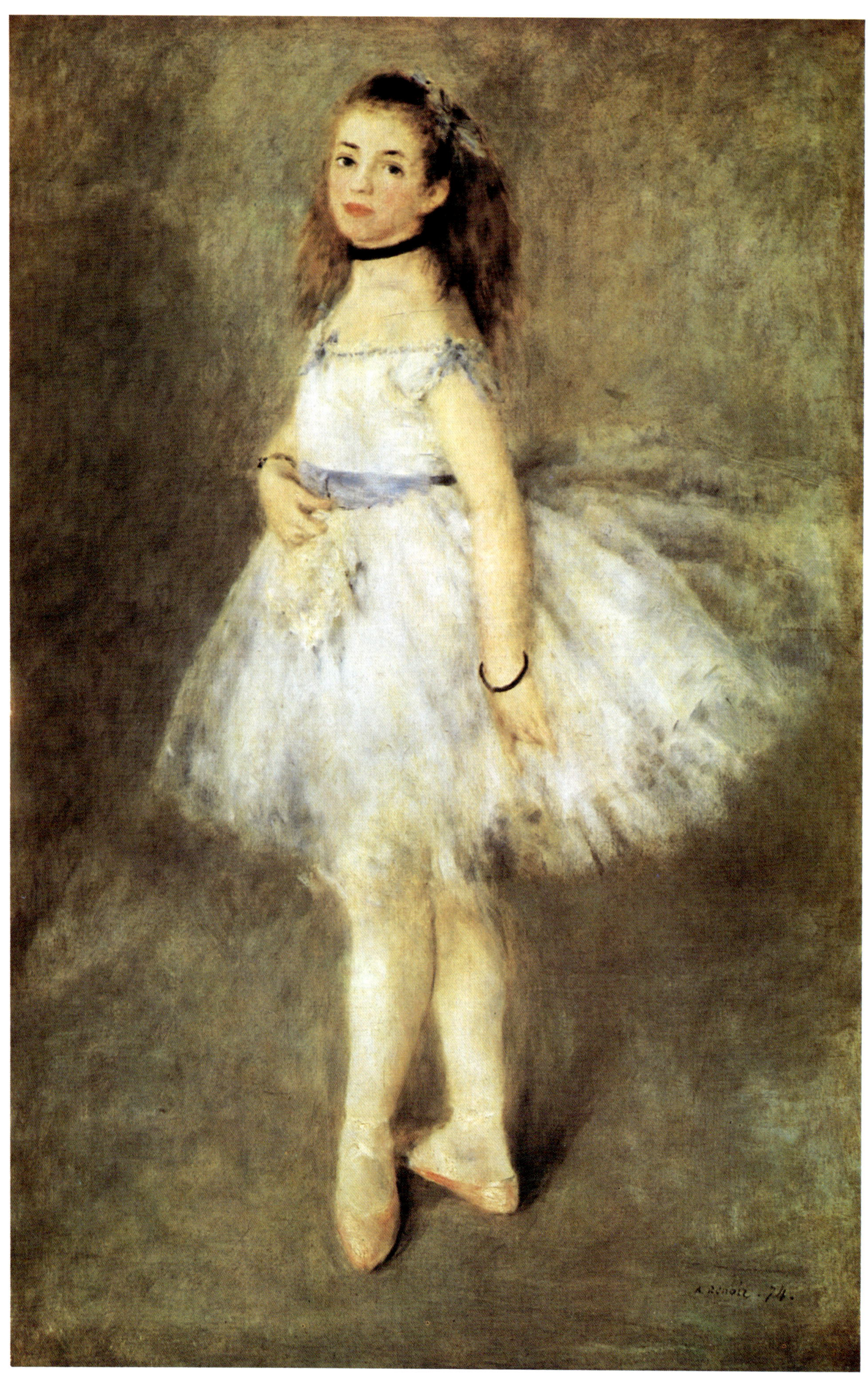

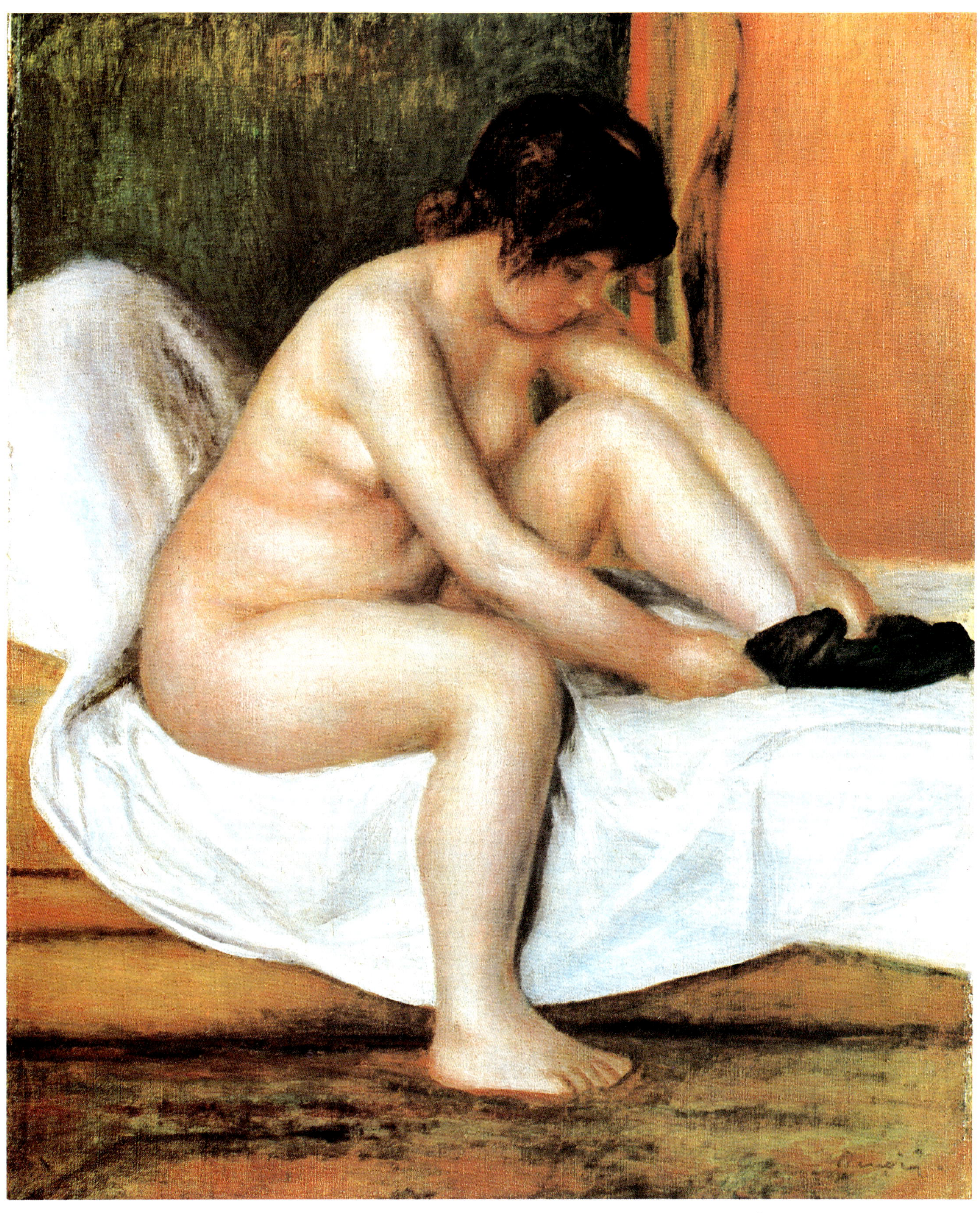



춤추는 아가씨
LA DANSEUSE
1874년 캔버스 油彩 142×95cm
워싱턴 국립박물관 소장

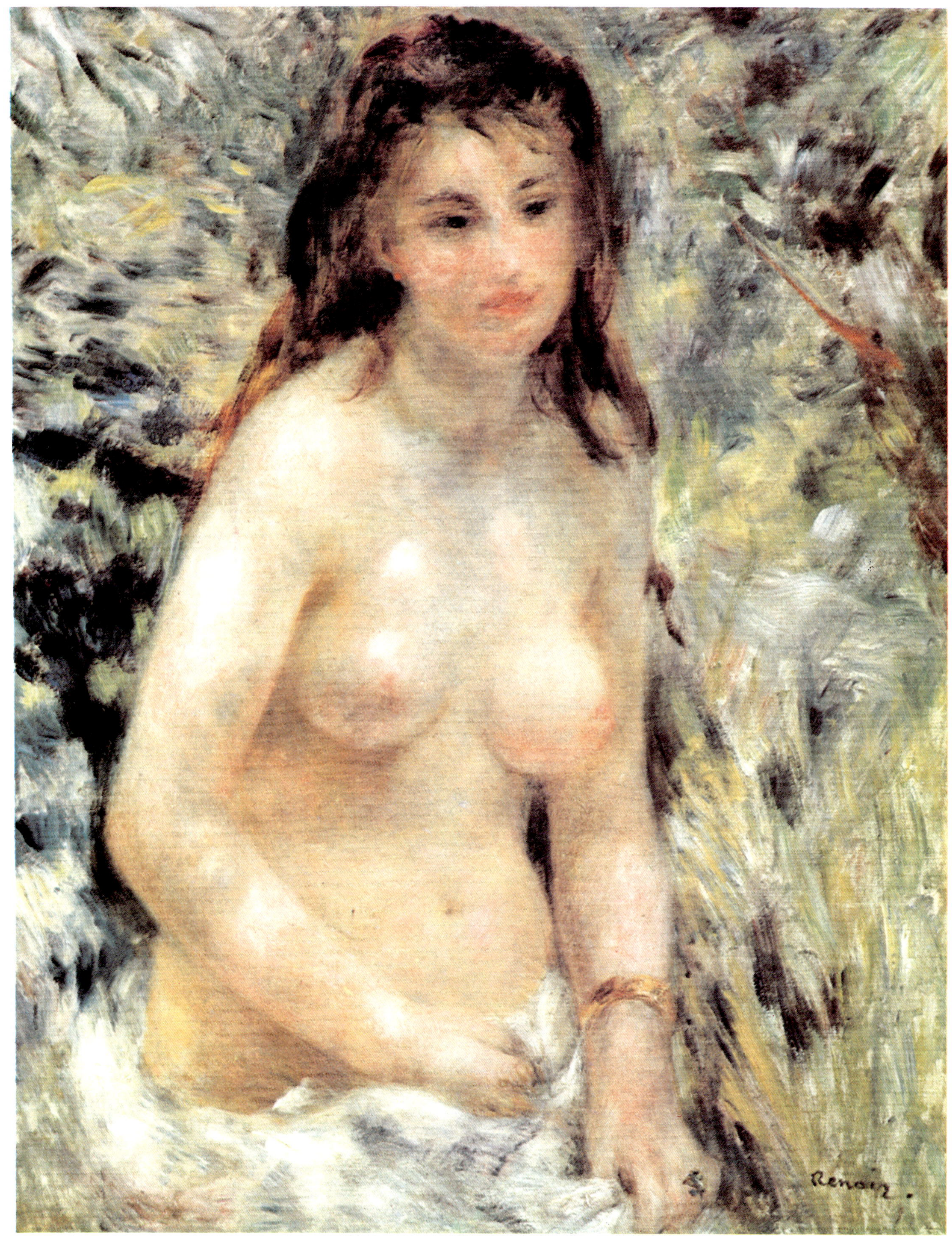



1875～76년 캔버스 油彩 81×64.8cm
파리 인상파 미술관 소장

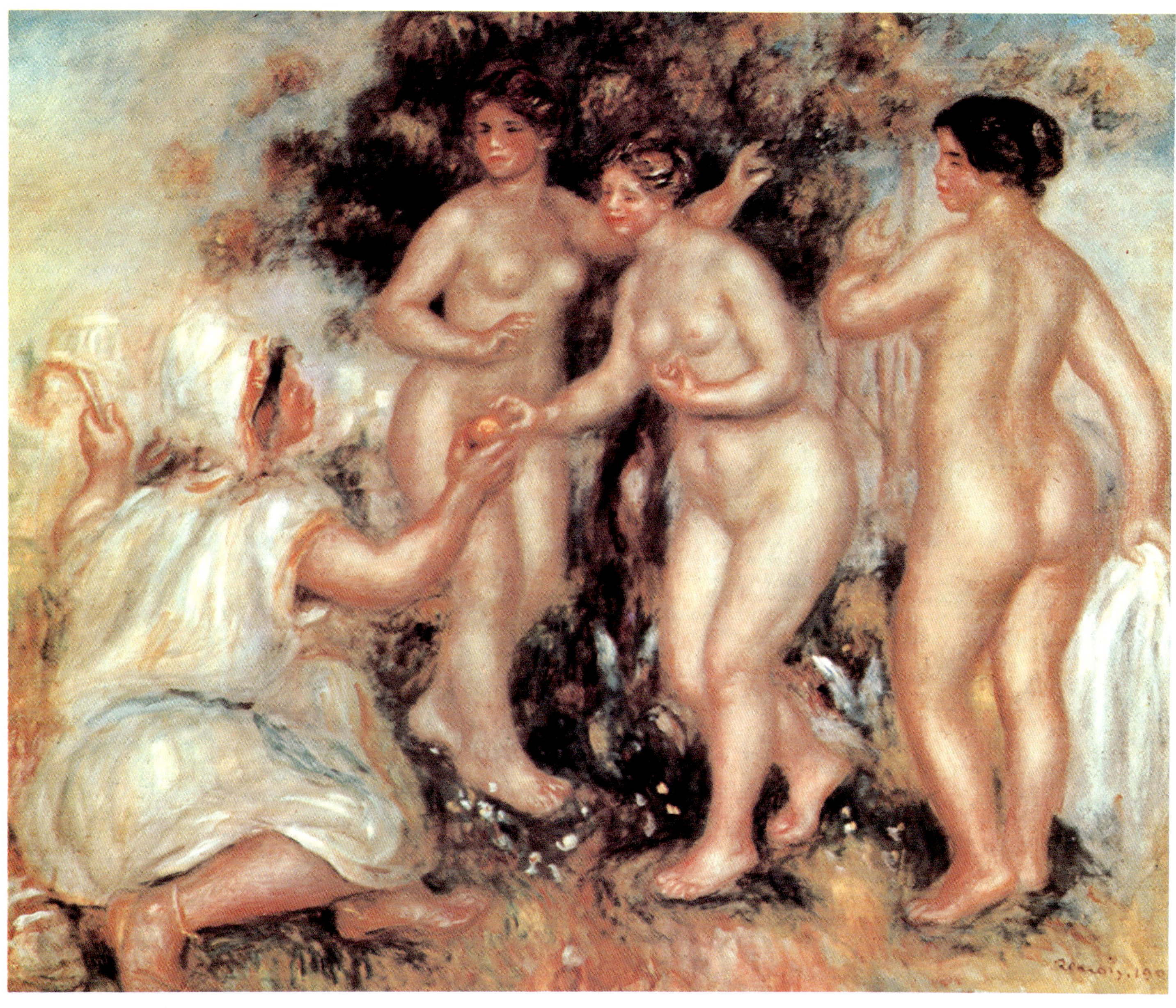



빠리스의 심판
JUGEMENT DE PÂRIS
1908년 캔버스 油彩 80×99.4cm
개인 소장

## 햇빛 속의 裸婦
TORSE DE FEMME AU SOLEIL

비너스가 바다의 물거품에서 태어났다고
한다면, 르노와르의 이 나부는 무성한 숲
덤불을 비집고 빛나는 햇빛 속에서 태어난
현대판 비너스라고나 할까 !
거친 붓자국의 뿌우연 빛깔 속에서
풍요롭고도 요염한 여체가 어슴푸레하게
부각되었다.
제2회 인상파 전람회에서 「모델이 마치
수포창(水疱瘡)에 걸린 것 같다」는
험담을 들을 정도로, 풀빛으로 얼룩진 볕살의
효과는 대단하다.
얼굴, 어깨, 젖가슴 등 몸뚱이 전체에 눈이
부실 정도로 태양의 직사광선이 감싸고 있는
이 여체는, 마치 숲속의 요정과도 같은 동화적
분위기마저 느낀다.
배경인 수풀도 역시 햇빛을 듬뿍 받아
하나로 버무려진 아름다운 색채의 효과를 내고
있다. 순간적인 색채의 소용돌이를 잘 감득한
작품이다.

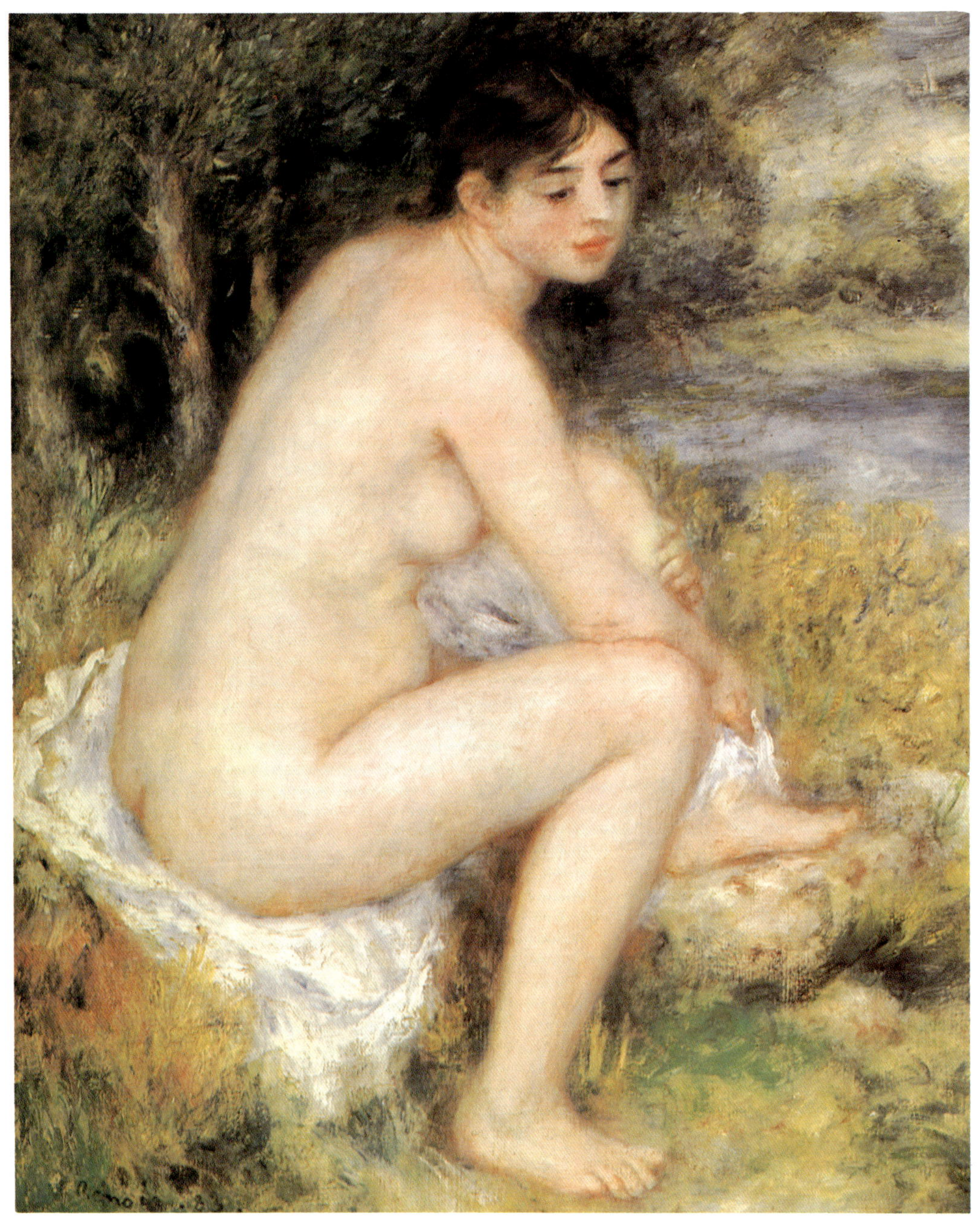

屋外에 앉은 여인
FEMME NUE ASSISE DANS UN PAYSAGE

머리를 만지는 浴女
BAIGNEUSE SE COIFFANT

　「누드를 그릴 바에야 누구나 그 그림을
보고 그 유방이나 등을 매만지고 싶도록
그려야 할 것이다.」 르노와르는 그의 만년에
이렇게 술회했다. 「매만진다」는 말은 어쩌면
그의 예술적 생애의 「키 워드(key word)」
일는지도 모른다. 이 그림은 정말이지 유방과
등을 만지고 싶은 충동을 느끼게 하는 고혹이
물씬 풍긴다.
　이 그림은 그의 나이 마흔 셋 때의
작품이니까, 이 무렵부터 차츰 옷을 입은
부인으로부터 나부로 옮아가는 시기인데,
후반기에 들어가면 헤아리기 힘들 만큼 많은
누드를 중심으로 한 시대에 접어들게 된다.
　화면 가득히 나부를 놓아 삼각형의 구도법을
쓴 이 그림은, 부드럽고 풍만한 육체의 질감이
잘 나타나 있다.

1883년 캔버스 油彩　65×52cm
파리 루브르 미술관 소장

　「만일 여인의 유방과 궁둥이가 없었더라면
나는 그림을 그리지 않았을는지도 모른다.」
이는 르노와르의 유명한 말이다. 이처럼 그는
여인의 육체에 심취(心醉)되어 그의
풍려(豊麗)한 색채 감각으로 즐겨 여체를
그렸다.
　이 작품은 나부가 등을 보이고 앉아 지금 막
수욕(水浴)을 마치고 바위에 걸터앉아
흐트러진 머리를 매만지고 있는 장면을 그린
것인데, 유방과 궁둥이가 한결 돋보인다.
　이 여인의 등과 궁둥이가 유난스레 풍요로와
여체의 원숙한 매력을 물씬 풍겨준다.
이 양적(量的)인 육체를 짙은 녹음 앞에 놓아
자연의 청신한 빛깔과 여인의 뜨거운 육감을
하나로 버무려서 풍윤한 색채의 세계를
보여주고 있다.

1885～90년경 캔버스 油彩　39.4×29.2cm
런던 국립 갤러리 소장

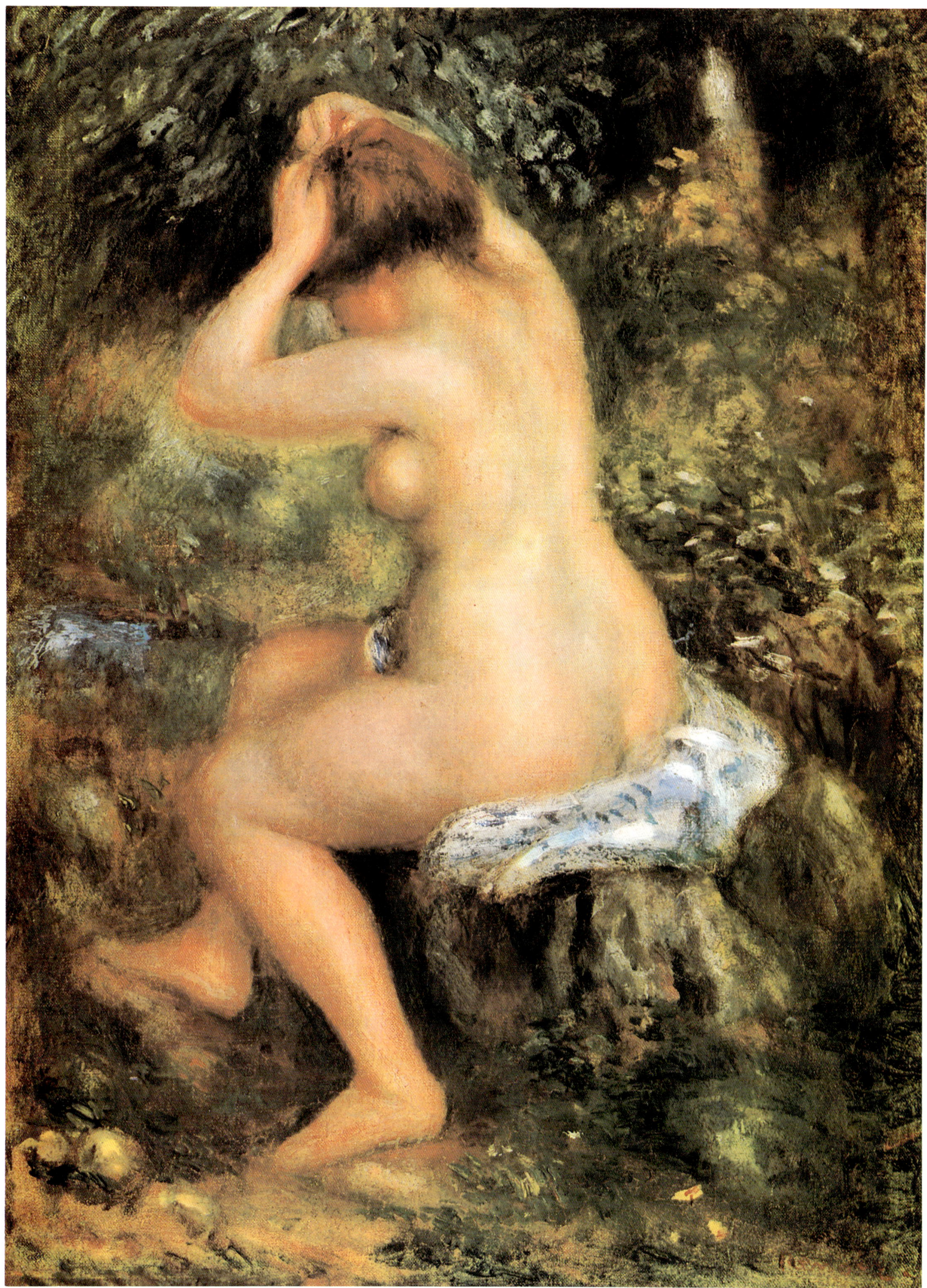

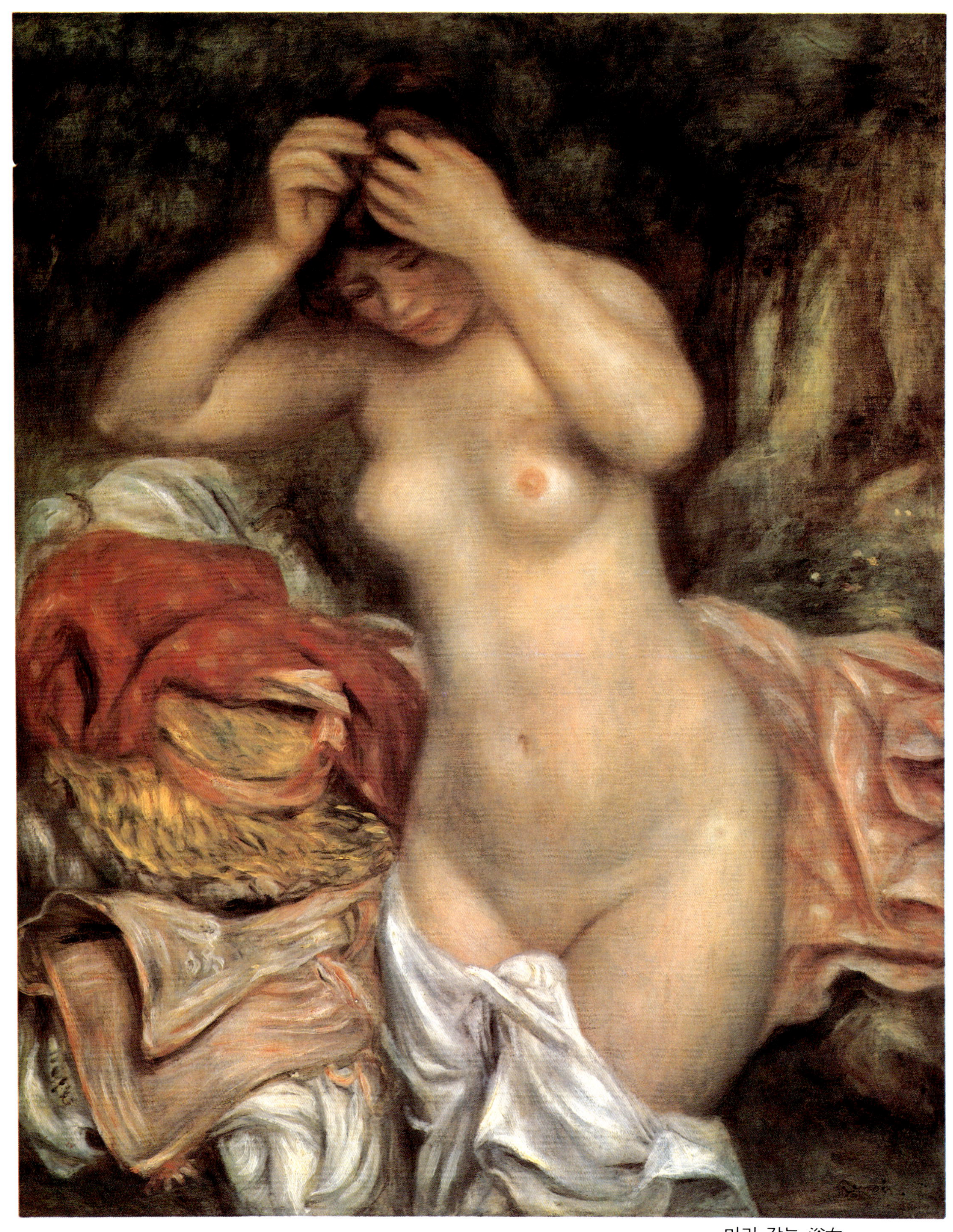

머리 감는 浴女
BAIGNEUSE SE COIFFANT
1895년 캔버스 油彩 92.7×74.3cm
워싱턴 국립박물관 소장

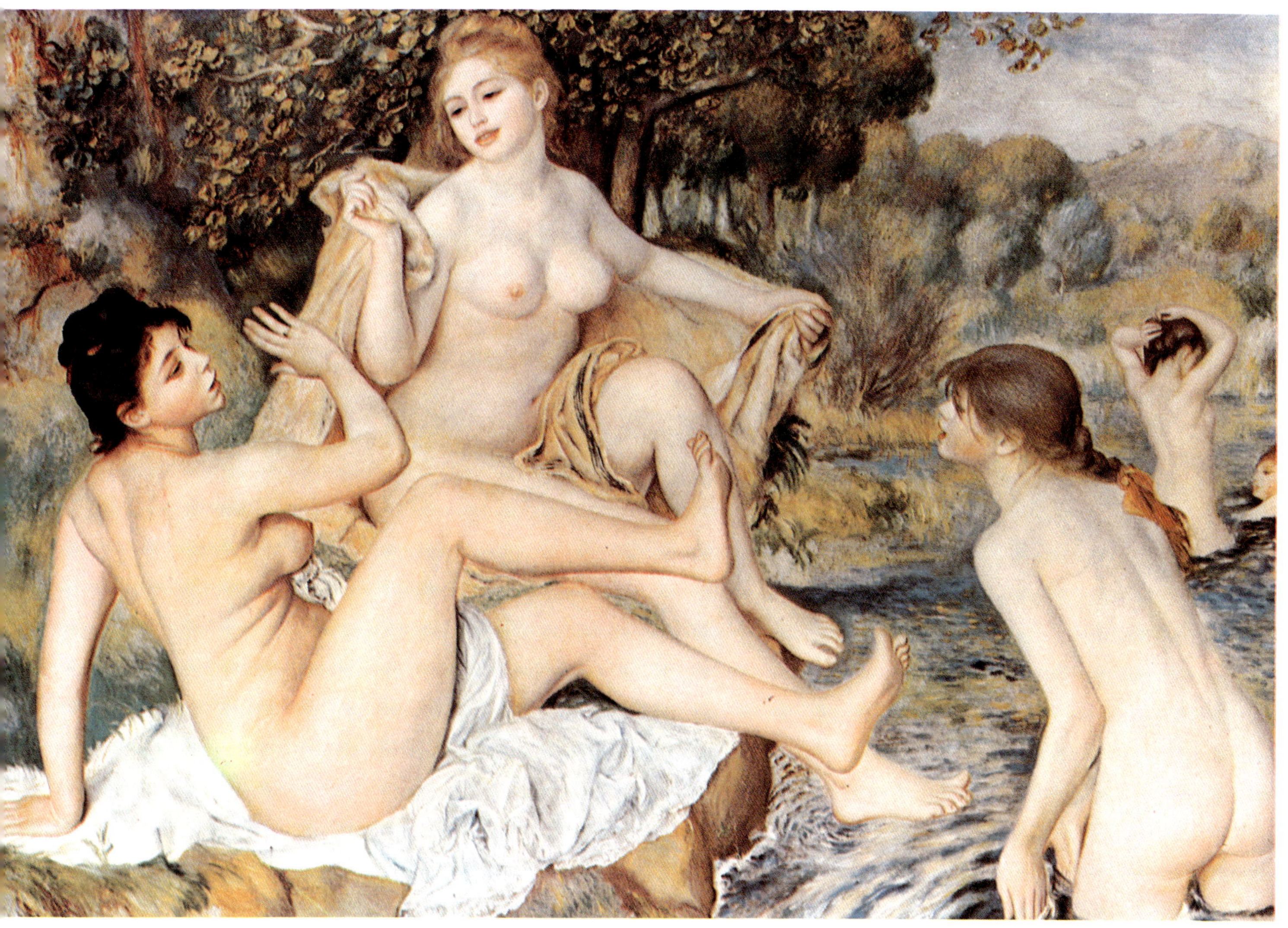

## 浴女들
### LES BAIGNEUSES

풍만한 세 처녀가 방금 물에서 나와 다정스레 뭔가
밀어를 나누고 있는데, 우선 이 세 욕녀가 그림의
전경(前景)을 차지하면서 삼각형의 구도를 이루고 있다.
　이는 전통적인 삼각형 도법(図法)을 지키기 위해 기묘한
자세를 각각 취하게 한 것 같다.
　이 그림은 르노와르의 추이(推移) 시대를 대표하는
최대의 걸작으로서, 이 시대의 특색을 유감없이 나타내
주고 있다.

　　　　　1887년 캔버스 油彩 115.6×167.8cm
　　　　　필라델피아 미술관 소장

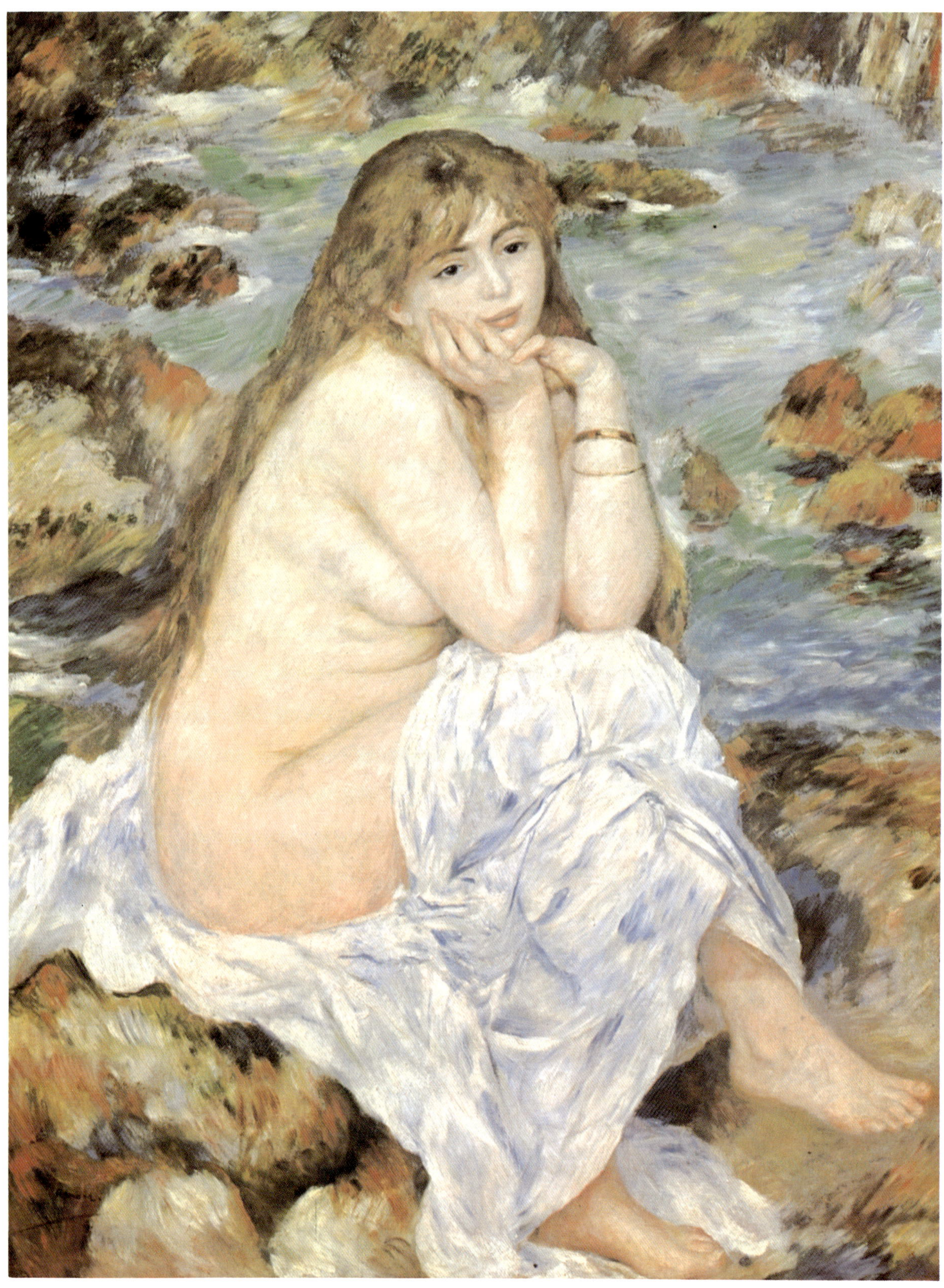

## 浴 女
BAIGNEUSE

잔잔하게 시냇물이 졸졸거리는 계곡에서 막 목욕을 끝내고 상쾌한 기분으로 바위 위에 앉아 무엇인가를 골똘히 생각하고 있는 나부상이다. 매우 자연스러우면서도 약간 야생적인 주위 분위기가 젊고 아름다운 여인의 육체와는 좀 괴리감(乖離感)을 느끼게도 하며, 따라서 얼핏 어울리지 않는 듯이도 보이지만, 르노와르는 이 대조(contrast)를 역(逆)으로 이용하여 보고 싶었던 모양이다.

좀 거친 터치로 바위들을 그리고 있어, 어떻게 보면 심산 궁곡처럼 후진 곳에서 이 욕녀는 너무나도 아름답고 살결이 고운 육체를 드러내고 있어, 더욱 압도되는 듯한 황홀감을 갖게도 한다.

이와 같은 나부의 기법(技法)은 고전파의 영향을 받아 명쾌한 표현으로 옮아가는 시절에 익힌 것이다.

1883~85년경 캔버스 油彩 119.5×92.8cm
하버드 대학 포그 미술관 소장

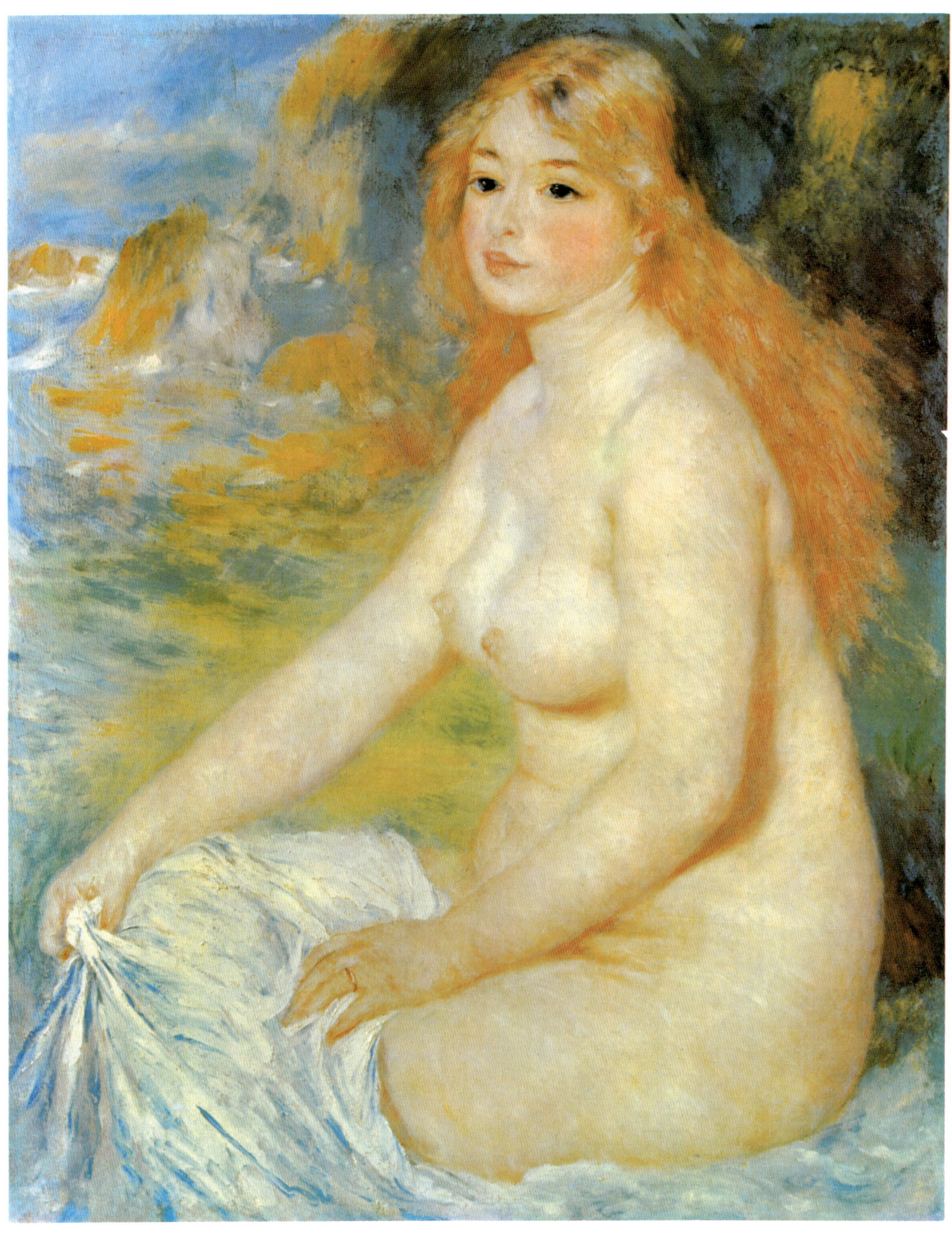

## 블론드의 욕녀
BAIGNEUSE BLONDE

누드를 그리는 것이 전통으로 되어 있는 서양 회화 가운데에서, 목욕하는 여인은 그 한 분야로서 주요한 주제가 되어 왔다.

나부와 자연이 하나로 잘 융화되어 있는 그림이다. 수욕(水浴)의 습관을 르노와르는 그 누구보다도 잘 파악하고 있기 때문에, 목욕하고 막 나온 여인의 나른한 기분마저 잘 표현하고 있다.

르노와르가 벌거벗은 여인을 그리는 주지(主旨)는 어디까지나 여성의 육체 표현에 있는데, 이를 살리기 위해서 자연의 청신한 푸른(녹색과, 청색을 잘 조화시킨) 빛깔을 밝게 그 배경으로 깔고 있는 것이다.

화면 전체가 색조의 조화를 이루고 있는 전형적인 나부상이다.

1882년 캔버스 油彩　81.8×65.7cm
매사추세츠 클라크 아아트 인스티튜트 소장

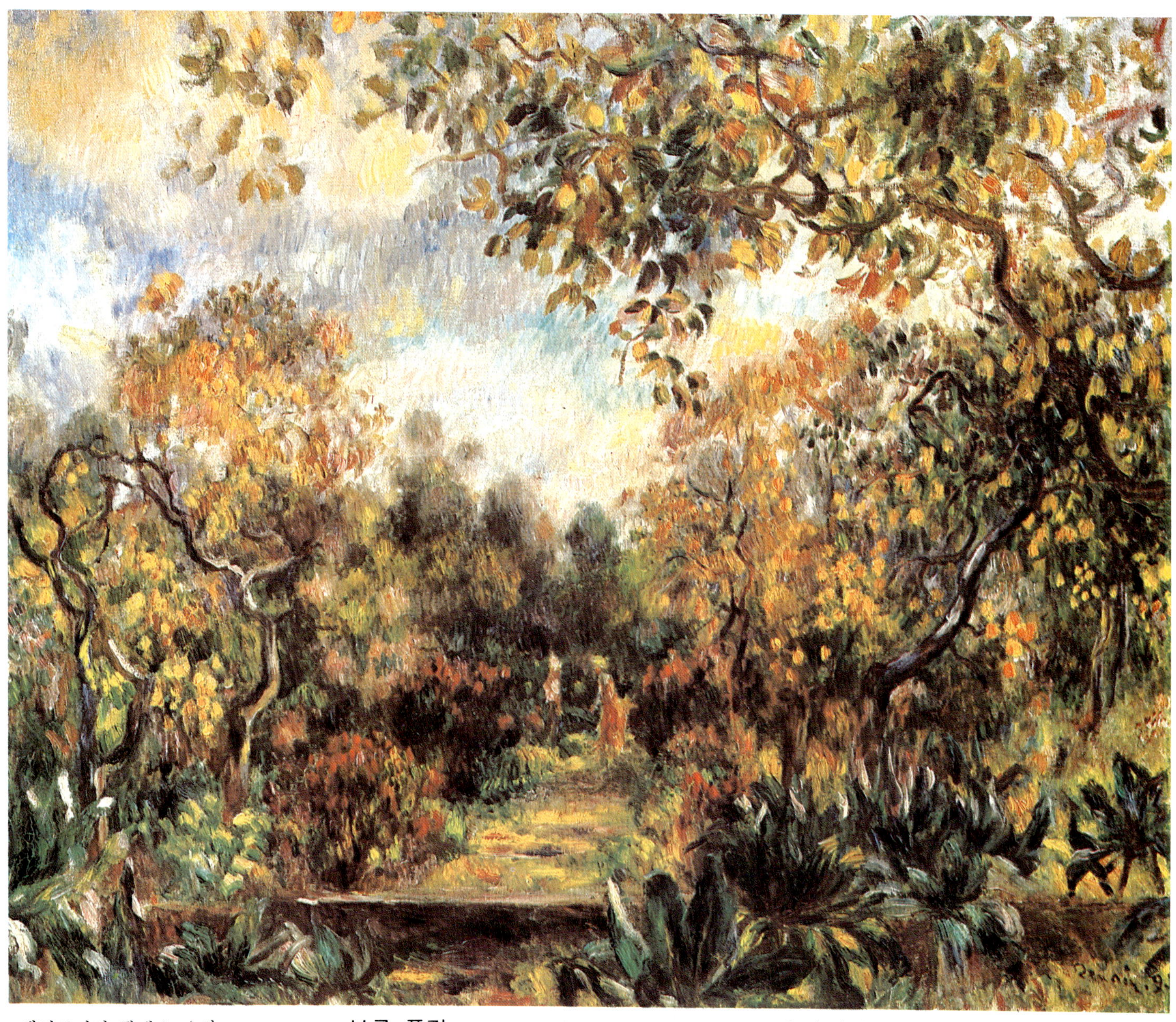

캘리포니아 팔레스 소장

**보류 풍경**
PAYSAGE DE BEAULIEU

**초원에서**
SUR L'HERBE

르노와르의 풍경은 모두가 색과
색이 어울려서 서로 불타고 있는
듯한 공간을 창조해 낸다. 그는 결코
하나 하나의 풍경만을 묘사하려
들지 않는다. 숲이 있고 잔디가 있고
수풀이 있으며 또한 하늘과 구름이,
그리고 때로는 인물이 적당히
안배되어 있지만, 그는 이러한 것들을
하나하나 따로이 설명하려 들지
않고 이를 하나로 융합하여 서로 대화하는
일체의 색감이 감돌도록 포착한다.
르노와르의 이같은 융합되는
색조의 밑바닥에는 색의 대비(対比)
라고 하는 원리가 깃들여 있다.
이를테면 빨간색과 녹색의 대립에
의해서 묘한 생명감을 불러일으키며
전체가 상쾌한 조화 속에 감싸인다.
그러한 색 모양의 미묘한 세계에
도달하기 위해서 작가가 퍽이나
애쓴 흔적이 엿보인다.

이 작품도 소녀상의 연작(連作) 가운데
하나인데, 여기서는 두 소녀가 야외에서 등을
뒤로 돌리고 앉아 있는 점이 특색이다.
그러니까 이 유화는 인물화로서 이목구비나
손, 팔 등의 묘사보다는 이 두 소녀의 길게
늘어뜨린 머리채나 의상의 아름다움 같은
데에다 역점을 두고, 이를 자연과
합석시킴으로써 이를 하나의 아름다움으로
융화시키는 인상파 특유의 빛깔의 세계를
보여 주고 있다.
한가운데 두 소녀가 주요 대상물이 되고,
여기에 무성한 나무들이 기둥으로 받쳐지면서
배경이 밝게 멀리 뻗어 나가고 있다.
이와 같은 밝고 어두운 농담(濃淡)의 적절한
처리가 유연하고 자연스럽다는 점이 르노와르
작품의 특징이라고 하겠다.

1890∼95년경 캔버스 油彩  81×65cm
뉴욕 메트로폴리탄 미술관 소장

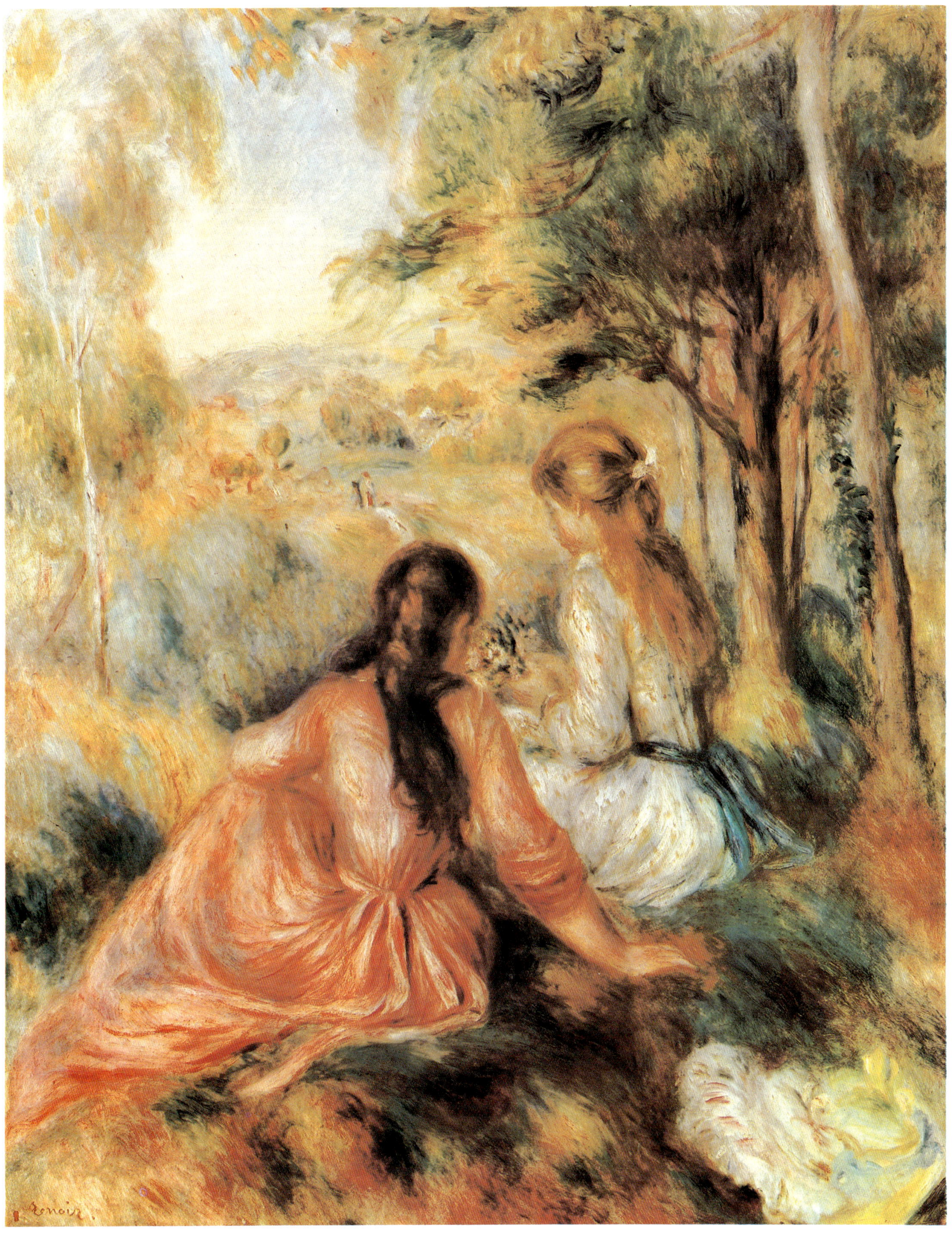

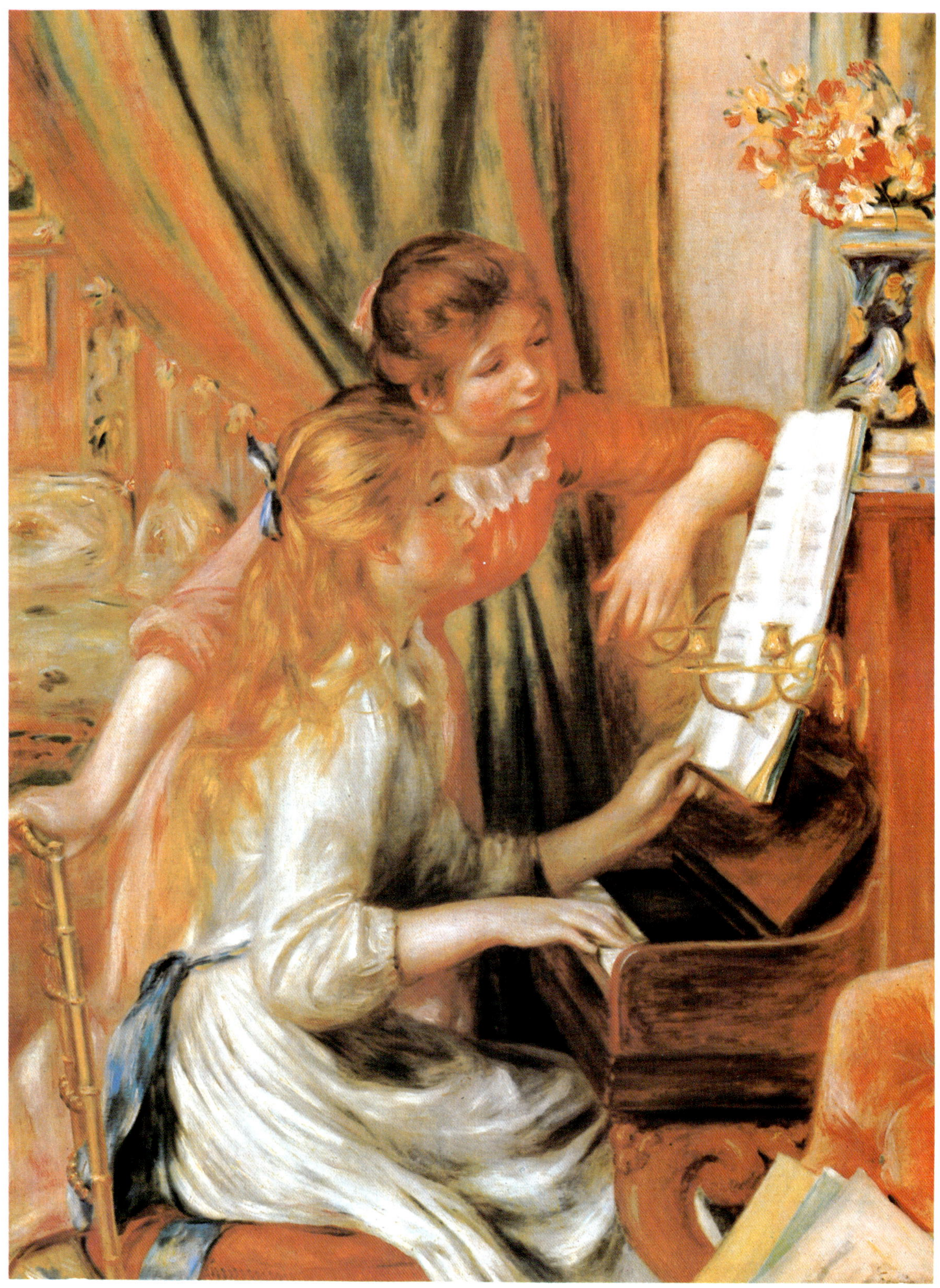

### 피아노 앞의 아가씨들
JEUNES FILLES AU PIANO

두 아가씨가 한 멜로디를 익히려고 열심히
악보를 들여다보고 있다. 두 사람의 마음이
융합되어 있음을 보여 주려고, 르노와르는
부드러운 색조의 하모니를 꾀하고 있다.
　여유만만한 곡선의 굽이침이 화면을 즐겁게
만들어 주고 있는데, 르노와르는 이처럼
따뜻하고 부드러운 공간을 몹시 좋아했다.
주제는 일상 생활에서 흔히 볼 수 있는 범속한
장면이긴 하지만, 이러한 일상성 속의

유연함을 그는 다양한 색조로 포착한 것이다.
빨강, 노랑, 파랑, 녹색 등 원색을
기조(基調)로 하여 이에 대비된 버무려진
색감으로 인물을 감싸고 있다. 그는 대상물
하나하나를 선명한 빛깔로 마무리하고 있는데,
여기에는 「엄격한 양식」을 거침으로써만이
비로소 실현될 수 있는 형(形)과 색(色)의
교향(交響)이다.

1892년 캔버스 油彩　116×90cm
파리 인상파 미술관 소장

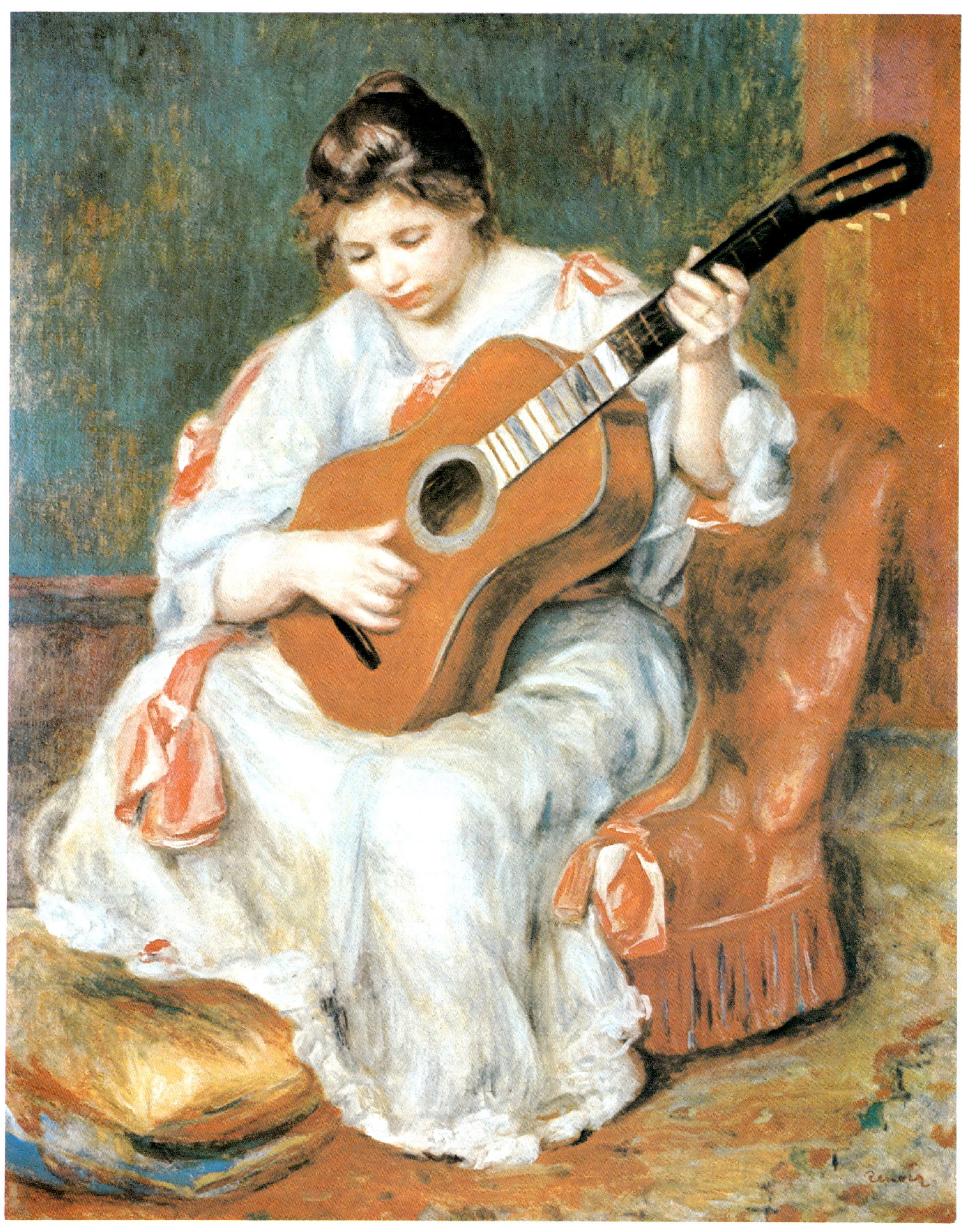

## 기타를 치는 여인
JOUEUSE DE GUITARE

1890년경에 이르면 르노와르의 부인상은 한껏
무르익어 간다. 모델도 점점 더 풍만한 여인이
많아지며, 그런 포동포동한 육체 속에
감각적인 표현이 더욱 여물어 간다.
　이 그림에서는 그런 풍만한 여인을 벗기지
않은 채 화려하고 우아한 느낌을 물씬 풍기게
한다. 이러한 여인의 속성을 잘 드러내기
위해서, 앉은 의자도 이에 대응하여 화려하고

밝게 칠했다. 그 위에 이 그림의 악센트를
넣기 위해 여인으로 하여금 기타를 연주하는
포즈를 취하게 했다. 감각의 풍족함과
양적(量的)인 충실함이 느껴지는 그림이다.
이러한 경향은 이 그림 이후 더욱 두드러지게
나타나며, 르노와르의 부인상의 연작(連作)
으로 특유의 예술성을 구축하게 된다.

　1897년 캔버스 油彩　81×61cm
　리용 미술관 소장

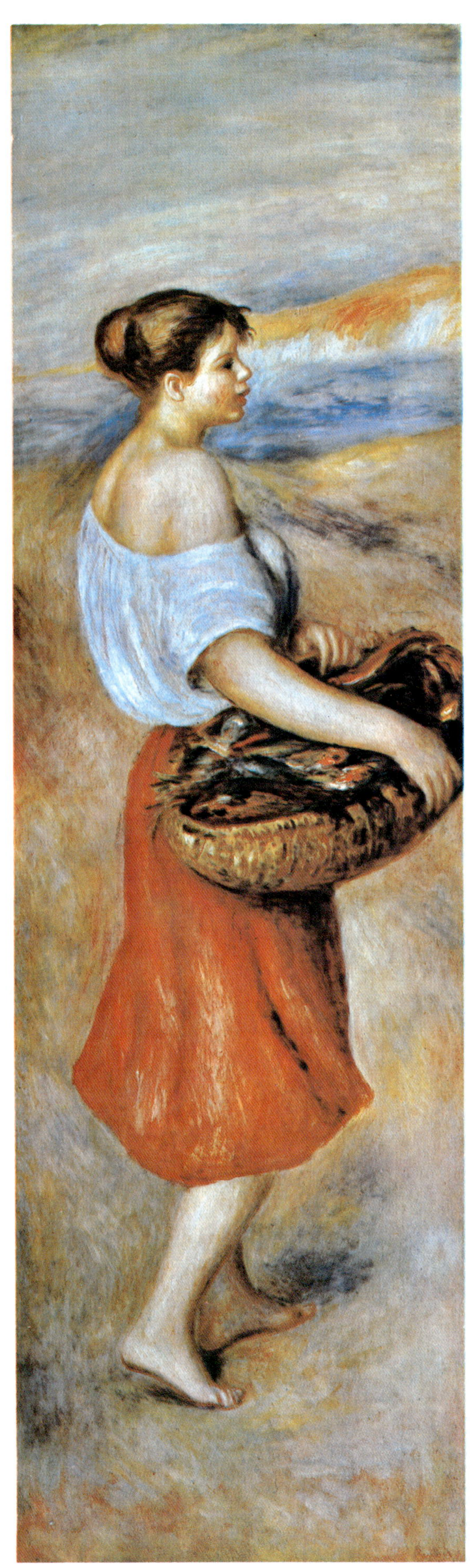 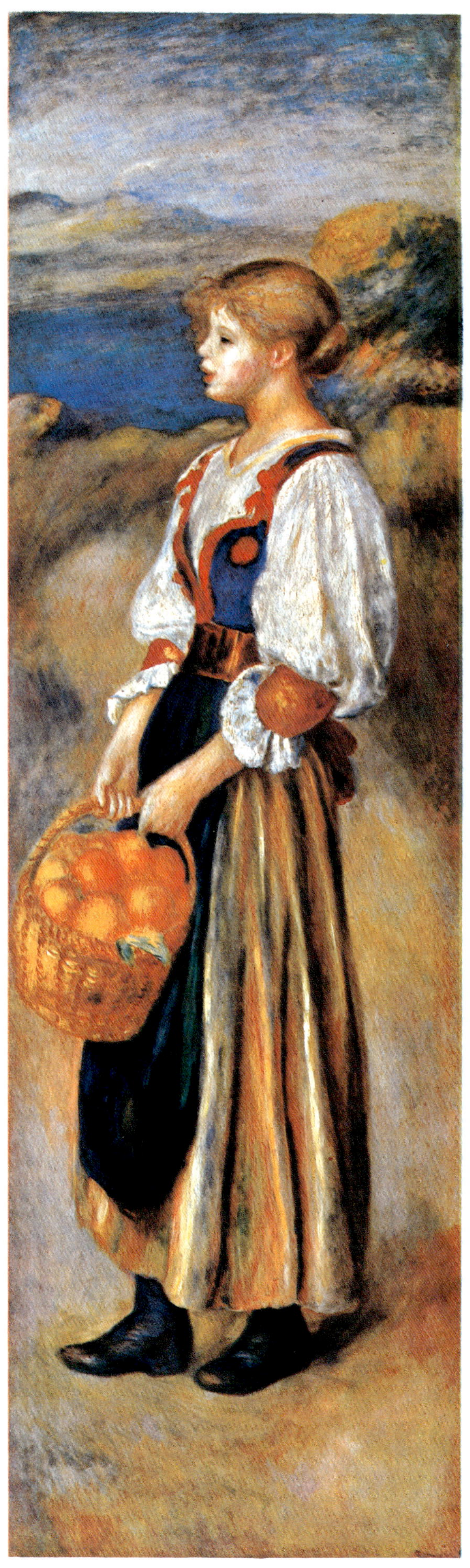

생선광우리를 든 여인과 과일광우리를 든 여인
1889년 캔버스 油彩 130.2×40.6cm 워싱턴 국립박물관 소장

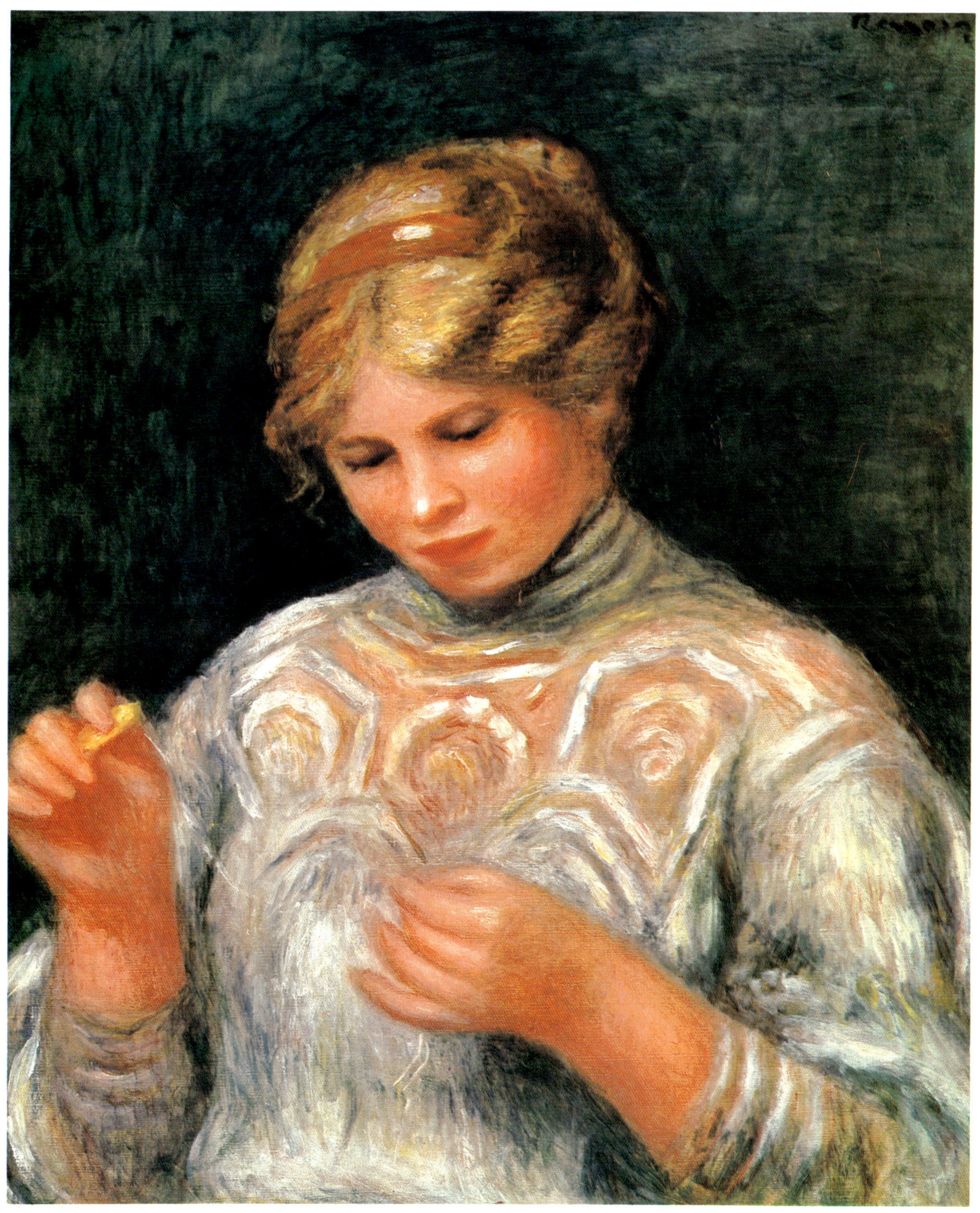

## 뜨개질하는 아가씨
JEUNE FILLE CROCHETANT

편물에 열중하고 있는 젊은 여인을
사생풍(写生風)으로 가볍게 그린 작품이다.
물론 이 그림은 초상화가 아니라 일종의
스냅으로서 편물하는 동작의 한순간을 포착한
것이다.

하지만 이와 같은 동작 자체에 이 그림의
실제 모티브가 있는 것이 아니라, 그보다는
오히려 웃도리(아마도 스웨터인 듯)의 무늬가

모양이라든가 색 배합의 감촉이 르노와르의
눈에 띄게 되어, 이를 선명하게 묘사해 낸
것이리라. 즉 인물의 표현임에는 틀림없으나,
인물에 초점을 맞춘 것이 아니라, 이처럼 짠
직물의 아라베스크에 그는 더욱 흥미를 느낀
것 같다. 이러한 색감과 무늬가 여자다운
우아한 얼굴이나 머리 따올린, 그리고 배경에
감싸여 하나의 조화 있는 색채의 세계를
창출하고 있다.

1906~8년경 캔버스 油彩　56.5×73cm
필라델피아 미술관 소장

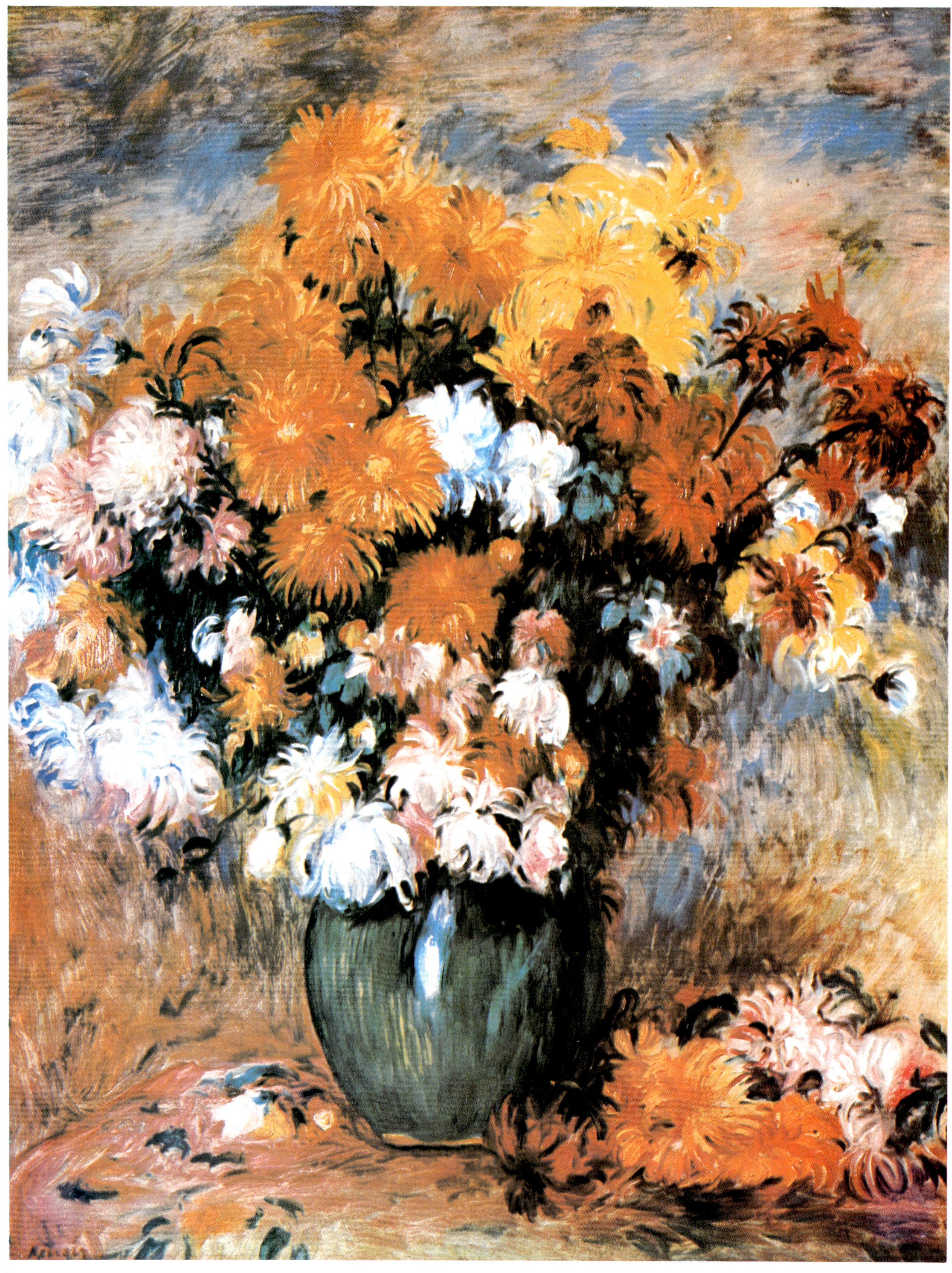

국화 병
BOUQUET DE CHRYSANTHEMES

1890～1900년 캔버스 油彩 81×65cm．르아느미술관 소장

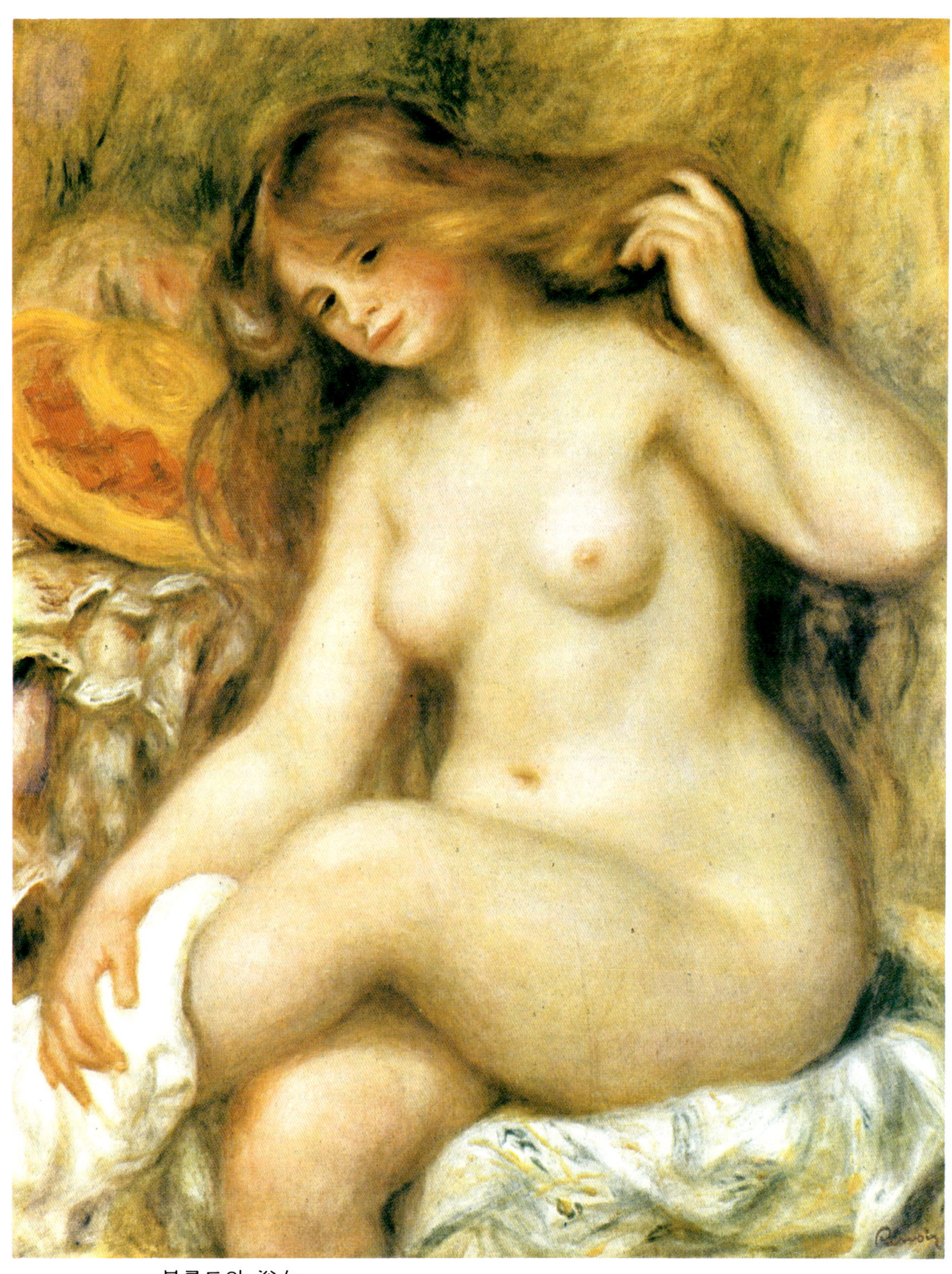

### 블론드의 浴女
BAIGNEUSE BLONDE

르노와르의 나부상은 후기에 접어들수록 그
육체의 질감 표현에 있어 풍만함을 보여 준다.
이 원숙한 욕녀상은 르노와르 예술의
진수(真髓)를 보여 주고 있다.
　젊고 건강해 보이는 나부의 자연스러운
포즈가 화면 가득히 클로즈업되어 빨강,
노랑, 녹색 등의 생생하고 순박한 색감을
미묘하게 살리고 있다. 부드러운 필촉이

신선한 색조로 다스려져서, 보드랍고 탄력 있는
여체를 회화적으로 완성시켜, 순수한 감각의
회열을 맛보게 한다. 대비(対比)되는 빛깔의
효과에 의해서 육체의 그 어떤 부분도
싱싱하고 발랄하고 탐스러운 풍윤한 감촉을
지니게 하고 있는데, 그런데도 결코 저속한
관능 같은 것을 느끼게 하지 않는, 프랑스적인
감각성의 극치를 보여 주고 있다.

　1905년 캔버스 油彩　92×73cm
　비엔나 미술사 미술관 소장

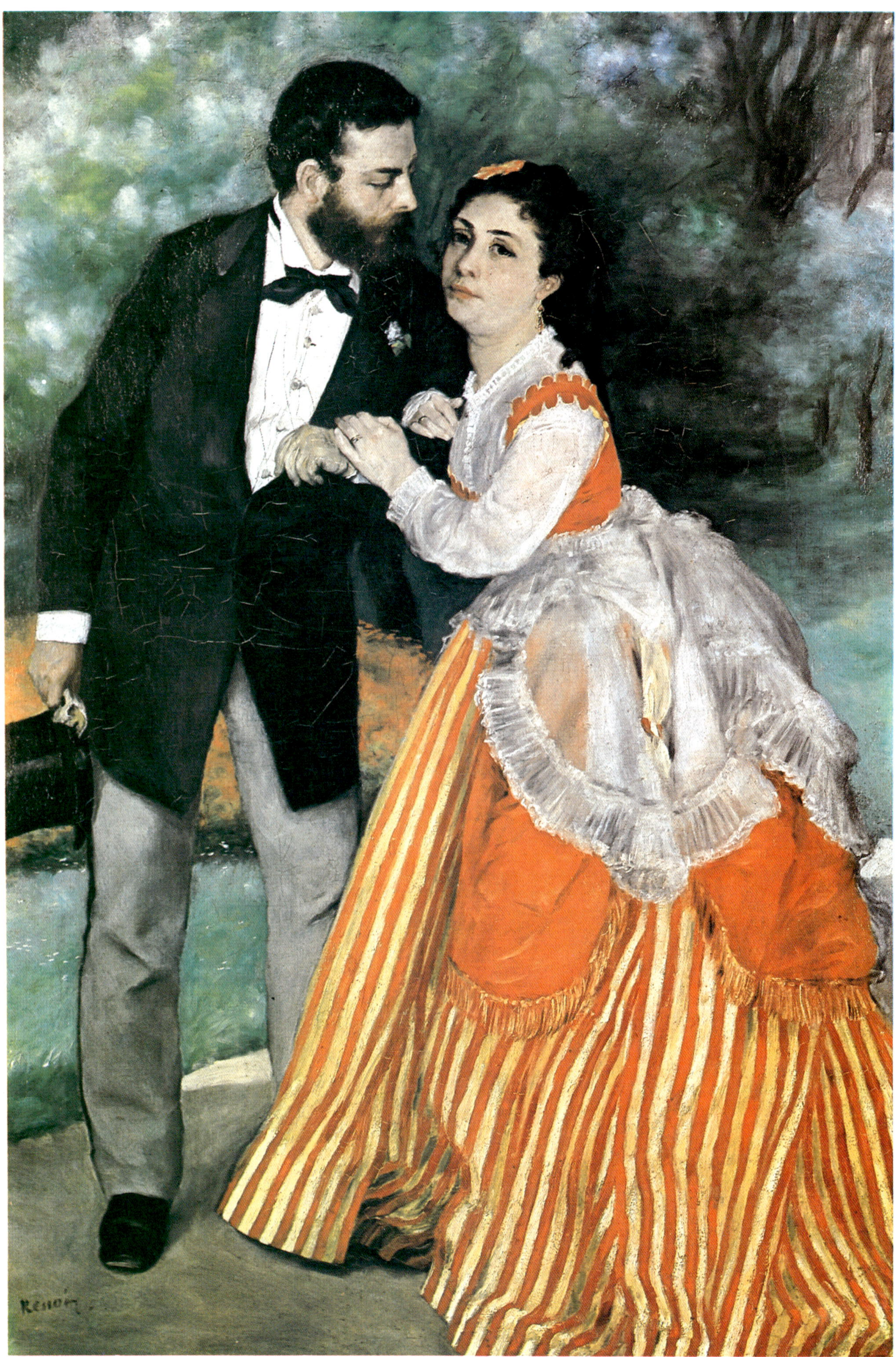

* 르노와르 사인

르노와르의 생애와 작품 세계

# 感覺的인 즐거움의 境地

Pamela Pritzker 작
이 경 식 역

## 시슬리 부부
### MONSIEUR ET MADAME SISLEY

르노와르의 다정한 벗이었던 화가 시슬리가
결혼한 무렵에 그린 초상화인데, 이 그림은
이른바 초상화의 포즈가 아니라 자연
그대로의 자유스러운 모습을 잽싸게 포착하여
다정한 부부상을 부각시켜 놓았다.
　이 무렵의 엄격한 사실(写実) 기법 탓으로
부인의 스커트가 지나치리만큼 선명하게
묘사되어 있어 인물 이상의 효과를 내고 있다.
　남편과 아내를 화면 가득히 채우면서 삼각형
도법(図法)으로 짜임새 있게 구성하고 있다.
특히 르노와르는 두 인물의 얼굴의 볼륨에
신경을 쓴 흔적이 엿보인다. 초기의 사실적인
수법이 잘 드러나 있는 이 그림은 화려한
색조로 발전해 가는 과정을 잘 나타내고 있기도
하다.

1868년경 캔버스 油彩　104.8×75cm
쾰른 발러프 리차르츠 소장

피엘 오귀스트 르노와르는 1841년 2월 25일 프
랑스의 리모지에서 출생했다. 직업이 재봉사였던
그의 아버지는 수도인 파리에서 성공해 보려고 가
족을 데리고 1845년에 이사를 했다. 그들은 작은
아파트에 거처를 정했다. 이 아파트는 구아르 궁
전에 부속된 16세기 주택 단지의 일부분을 이루고
있었다. 그리고 이 주택 단지는 튈레리 궁전의 가
장 끝부분에 위치하고 있었다. 어린 르노와르와 그
의 친구들은 루브르의 안마당에서 놀았다. 르노와
르는 어린 시절에 파리와 파리의 거리와 주민에
대한 깊은 애정이 싹터 갔다. 이것이 후에 파리의
생활에 대한 신선하고 화려한 색채를 지닌 인상파
의 그림으로 표현되었던 것이다.
　16세 때, 르노와르는 처음으로 그의 유화를 발
표했다. 이 중요한 시기에 그는 라포르트와 그의
가족, 그리고 늙은 도자기 장식가로부터 칭찬을 받
았다. 그러나, 르노와르는 아직 자신을 예술가로
생각하지 않았던 때였다. 르노와르는 자동 조작을
손으로 하는 도자기 장식을 없애 버리게 됐을 때까
지 계속 도자기의 장식 그림을 그렸다.
　1850년대에 들어섰을 때 르노와르는 수입을 늘
리기 위하여 그리고 또 많은 카페를 위하여 약 20
개의 벽장식을 그렸다. 엄격하게 말해서 이러한 활
동은 자유 계약에 의한 수입원에 지나지 않았다.
그러나, 그는 마침내 극동에 있는 선교사들을 위
하여 병풍을 그림으로써 고정 수입을 얻게 되었다.
병풍 그림을 그림으로써 상당한 수입을 올리기는
했으나 그는 이 따분한 일을 도저히 견딜 수 없었
다. 이 일을 하면서도 그가 불행을 느꼈던 것은
그의 인생의 규율의 세번째 원칙을 깨뜨리는 것
이었기 때문이다. 그리하여, 르노와르는 젊은 시
절에 있어서 처음으로 그의 친구가 본격적인 화

가가 되라고 권유했던 일을 심각하게 생각하기 시
작했다.

  1862년 봄, 가족과 라포르트의 간청에 의해서
심사 숙고한 끝에 르노와르는 〈에콜 데 보자르
(Ecole des Beaux Arts)〉의 지부인, 글레르의 화
실을 찾아갔다.

  이 무렵 19세기의 프랑스 미술은 두 개의 분명
한 범주로 나누어져 있었다. 하나는 아카데미에 의
해서 인정을 받았으며, 해마다 공식적으로 전람회
를 개최하고 있었던 「건전한」 미술이었다. 이러한
유파의 그림들은 데이비드, 앵그르의 전통을 따르
고 있었으며, 군대의 풍경을 다루고 있었다. 이것
과 반대되는 유파는 들라크로아의 작품에 영향을
받고 있었다. 들라크로아는 어두운 색조와 신고
전주의적(新古典主義的) 주제를 거부했다. 들라크
로아를 추종하고 있었던 이들 화가는, 곧 자신들이
미술 시장에서 쫓겨난 국외자로서 가난에 쪼들리고
말았다.

## 들라크로아를 좋아했던 르노와르

  글레르의 화실에 입소하기 전에 이미, 르노와
르는 루브르에서 들라크로아의 그림의 열렬한 찬
양자가 되어 있었다. 그러나, 화실에서 보낸 최초
의 몇 주 동안에 르노와르는 화가로서의 삶을 진
지하게 추구하고 있는 학생이 얼마 되지 않는다는
것을 알았을 뿐만 아니라, 자신의 들라크로아에 대
한 편애가 불리한 점이 된다는 것도 알게 되었다.
그는 저녁이면 「보자르」에서 강의를 하고 있었던 시
뉼에게 그의 초기의 유화 하나를 보여 준 일이 있
었다. 시뉼은 르노와르에게 이렇게 대답했다. 「제
2의 들라크로아가 되지 않도록 해야겠네.」라는 경
고였다.

  따라서 처음부터 글레르의 화실에 있어서 르
노와르에게는 두 가지 문제점이 있었다. 하나는 그
가 진지한 학생이었다는 점이며, 또 하나는 그가
반항적인 들라크로아의 스타일을 좋아했다는 점
이다. 그래서 그는 자기 자신의 기법을 익혀야만
하겠다는 것을 깨닫고 밤이면 화실에 남아서 캔
버스 위에서 시각적인 문제를 연구하면서 시간을
보내기 시작했다. 이러한 작업이 그를 다른 모든
학생들과 소외시켜 버렸다. 그러나 한 사람의 예외
가 있었다. 그는 시슬리(Sisley)였다. 두 사람은
절친한 친구가 되었고, 그들은 진지하게 종사하고
있었던 기법 발전을 위한 노력에 함께 일했다. 그
들은 미술에 대한 의견을 달리하고 있었다. 시슬리
는 코로(Corot)를 좋아했다. 한편 르노와르는 디
아즈(Diaz)의 극적(劇的) 풍경화에 더욱 친근감을
가지고 있었다. 그들은 흔히 열띤 토론을 나누곤
했다.

  1863년에는 프레드릭 바질(Frederic Bazille)이 입
소했다. 그는 르노와르보다 훨씬 더 재정적으로 부

유했다. 또한 그는 몹시 사교적이었으며 노상 도심
으로 나가고 우아한 파아티에 참석하고는 했다. 동
시에 또한 클로드 모네(Claude Monet)의  입소가
있었다. 모네도 르노와르와 마찬가지로 곧 글레
르와 충돌을 일으켰다. 모네가 너무 지나치게 사
실적이라는 이유였다.  글레르에 의하면 모네의
그림은 보기에 「너무 추하다」는 것이다.

  세월이 흘러감에 따라 모네는 다른 세 학생들이
「보자르」의 화실에 반항적이었던 사실에 있어서 더
욱더 적극적으로 반항하게 되었다. 모네는 세 사
람에게 이곳을 떠나서, 교외에 있는 야외 화가들
과 합류하자고 권유했다. 마침내 타협이 이루어졌
다. 그들은 만일 모네가 그들과 함께 루브르에 가
서 옛날의 대가들을 연구하겠다면 야외에 머물면
서 그림을 그리는 데 동의했다.

  곧 르노와르와 바질은 파리의 화실 지구에서 생
활을 함께 했다. 바질은 르노와르에게 부유한 미
술 애호가와 문화 혁명의 권위파 사람들을 소개했
다. 그 속에는 보들레르와 마네가 들어 있었다. 바
질은 이 무렵 끊임없이 「새로운 재능의 사람」을
그들의 화실로 끌고 들어왔다. 두 사람의 신참자
는  까미유 피사로(Camille  Pissarro)와 폴 세잔
(Paul Cezanne)이었다. 르노와르는 피사로와 친숙
해졌다. 피사로는 가족의 배경이 비슷했으며 그림
에 대해서 마찬가지로 영특했다. 세잔은 부유한 가
정에서 태어났으나 가족의 도움을 거절했으며,
중산층의 것을 경멸하고 있었다. 르노와르와 마찬
가지로 세잔은 매우 진지했으며 평범하고 소박한
말로 자신의 정확한 감정을 표현했다. 그러나, 이
러한 모든 사실보다 더욱더 중요한 것은 들라크로
아의 정열적인 색채에 대한 르노와르의 격렬한 찬
양을 세잔 역시 함께 가지고 있었다는 사실이다.

## "그림이란 즐겁고 유쾌해야"

  1863년 부활제 동안 르노와르는 자신의  화가로
서의 성공에 대하여 회의를 품기 시작했다.  자신
의 저축도 동이 나기 시작했으며, 자신의 그림들이
몇 작품 팔리는 것도 미술 애호가의 자선적인  행
위에서 나온 것이었다. 그러나, 르노와르는 부활
제 휴일 동안에도 모네와 함께 야외에서 체류하면
서 그림을 그렸다. 르노와르는 자신이 야외에서 제
작을 하는 것을 즐기고 있다는 사실을  발견했다.
왜냐하면, 야외 제작은 그로 하여금 최소한의 사
전 준비를 가지고 신속한 제작을 가능케 해주었기
때문이다. 그는 모네의 이론을 굳게 지키지 않고
다만 기쁨을 가지고 그렸던 것이다. 만년에 가서
그가 말한 것처럼 「그림이란 즐겁고 아름다운 유
쾌한 일이 되어야 합니다.——그렇고 말고요. 즐거
운 일이랍니다 !」 그의 평생의 작품은 이러한 그의
말의 진실을 잘 설명해 주고 있다.

  이듬해, 글레르의 화실은 문을 닫아 버렸다.

르노와르는 시슬리와 함께 야외에서 그림을 그리기 위하여 「백마관(Cheval Blanc Inn)」으로 되돌아왔다. 그가 교회에 머무는 동안 두 가지 사건이 일어났다. 첫째는, 그가 너무나 존경하고 있었던 풍경화가인 디아즈와 만난 사실이다. 르노와르는 디아즈를 설득해서 자신의 미완성의 그림을 보게 했다. 디아즈는 그림이 나쁘지 않다고 말했다. (자신의 그림을 못마땅하게 생각하고 있었던 르노와르에게 이것은 아주 놀라운 일이었다.) 그리고, 디아즈는 르노와르가 검은 색조를 너무 많이 사용한다고 비평했다. 이때부터 르노와르는 암갈색을 포기하고 그가 늘 좋아했던 찬란한 밝은 색을 채택했다.

## 심사원 전원의 인정을 받은 행운

르노와르에게 또 하나의 변화를 가져다 주었던 두 번째 사건은, 살롱 심사원 전원이 그의 그림 〈라 에스메랄다〉를 인정한 사실이었다. 23세의 무명 화가의 그림이 아카데미의 인정을 받았다는 사실은 그리 흔하지 않는 일이었다. 그러나, 그는 파리에서 돌아오자 그의 그림을 파괴해 버렸다. 그는 이 그림의 색채가 너무 과하게 암갈색을 사용하고 있었다는 이유 때문이었다.

이듬해 그는 1865년의 살롱을 위하여 작품을 준비하면서 보냈다. 르노와르는 전 해보다도 더욱 행운이었다. 그는 위탁받은 몇 개의 초상화로 생계를 유지할 수 있었다. 뿐만 아니라, 재차 그의 그림은 아카데미의 인정을 받게 된 것이다.

1866년, 르노와르는 당시의 가장 위대한 혁신적인 화가였던 쿠르베(Courbet)를 만났다. 그의 영향은 르노와르의 그 당시의 유명한 작품 〈안토니가의 모친(Mere Anthony's)〉 가운데 잘 나타나 있다. 이 작품에서 그의 화필의 움직임은 강한 특색을 나타내고 화폭의 공간 이용도 훨씬 넓어지고 있다.

파리로 돌아오자 그는 모네와 함께 나란히 거리의 풍경을 그리기 시작했다. 이 무렵 모네는 인상파의 미래의 색조를 탐구하기 시작하고 있었다.

파리에서 보낸 몇 해 동안 많은 변화가 있었다. 글레르 화실 출신의 화가들은 그들의 작품을 팔 수 있는 새로운 판로를 열심히 찾았다. 바질을 제외하고 그들은 몹시 궁핍한 가운데 있었다. 이렇게 기나긴 궁핍한 세월을 살아 남을 수 있었던 것은 바질의 관대함 때문이었다. 이윽고 바질과 르노와르는 파리의 바티뇰 지구로 옮겼다. 그곳은 카페 게르보아에서 가까운 곳이었다. 여기서는 자주 마네를 만날 수 있었다. 그들은 격렬한 토론을 밤늦도록 벌이곤 했다.

이 시기는 르노와르에게 있어서 매우 감동적인 시기였다. 그의 살롱 등장은 그에게 자카리 아스트륙의 호의적인 비평을 가져다 주었다. 아스트륙은 〈양산을 든 리즈(Lisa a l'ombrelle)〉를 극찬했다. 그는 인물에 표현된 우아함과 섬세함에 대해서 썼으며, 특히 이 작품의 매력은 빛의 사용에 있다고 했다. 이것은 르노와르에게 정신적인 기쁨과 재정적인 기쁨을 가져다 주었을 뿐만 아니라 그가 미래의 작품 가운데서 분명히 표현하려고 했던 스타일의 예언이 되기도 했다.

이듬해 봄, 르노와르는 파리를 떠나서 다부레이 마을로 갔다. 이곳에는 그의 양친이 은퇴하여 살고 있었던 시골 집이 있었다. 강을 따라 몇 마일 내려간 곳에서 그는 슈아시 섬을 발견할 수 있었다. 이 섬에서는 푸르네스 노인이 거룻배 식당을 차리고 있었다. 강물 위에서 사람들은 한가롭게 마시고 먹고 했다. 푸르네스 노인은 바로 가까운 곳에다 선창을 건설하고 그 위에다 무도장을 차려 놓았다. 라 그른누이에르는 주말을 즐기는 파리 시민들에게는 에덴 동산이었다. 춤추고, 먹고, 마시고, 수영하고, 그리고 뱃놀이를 할 수 있었다. 여름 휴가 때면 사람들이 원하는 모든 것이 갖추어져 있었다. 그리고, 이곳에는 각계 각층의 사람이 찾아왔다.

라 그른누이에르에서 보낸 많은 여름은 르노와르의 가장 행복한 시절이었다. 그가 사랑하고 있었던 사람들을 그릴 수 있었던 단순한 기쁨, 많은 예술가들에 의해서 둘러싸이고 있는 기쁨, 건강한 여인들과 함께 마시고 춤출 수 있는 즐거운 밤의 기쁨——이런 것들은 르노와르의 생활의 기쁨인 동시에, 그의 라 그른누이에르의 찬란한 그림 가운데서 빛나고 있다.

파리로 돌아오자마자 여름의 기쁨은 사라지고 말았다. 모네는 곤궁 속에 빠져 있었다. 살롱에서 받아들여진 유일한 그림은 르노와르의 〈짚시 연구〉였다. 이 작품은 르노와르가 지난 여름 다부레이 마을에서 그린 것이었다. 낙담 속에서 르노와르는 모네에게 생활비를 훨씬 덜 들이기 위해서 파리 교외로 옮기자고 권유했다. 그리하여 이듬해 여름, 두 사람은 교외로 옮겨갔다.

처음에는 르노와르는 다부레이 마을에 있는 그의 집에 머물렀으며 라 그른누이에르 근처에 있는 부기발의 모네의 집을 가끔 방문했다. 하루는 모네가 제작하고 있었던 그림을 보았다. 이것은 르노와르가 평상시에 보지 못했던 모네의 그림이었다. 이 작품은 작은 붓으로 순수한 빛깔을 구성한 것이었다. 한 점의 검은 색도 보이지 않았다. 인물과 배경은 오로지 광선으로 진동하고 있었다. 르노와르도 즉시 자리에 앉아서 같은 풍경을 그리기 시작했다. 두 작품 사이에는 차이가 나타났고 그 차이는 그 후에도 지속되었다. 르노와르는 곧 인상파로 알려지게 되었던 기법을 탐구하기 시작했다. 그러나, 중요한 관심이 풍경의 순수성에 있었던 모네와는 달리, 르노와르는 계속해서 인간의 형체, 특히 건강한 젊은 여인의 육체를 탐구해 나갔다.

## 인상파 화가로서의 르노와르

　1870년 독불전쟁(独佛戰爭)이 발발했다. 원래의 화가 집단은 완전히 해산이 되고 말았다. 세잔은 남쪽 프랑스에 있는 레스타크로 떠나고 모네와 시슬리, 그리고 피사로는 영국으로 떠나 버렸다. 파리에는 르노와르와 바질만이 남아 있었다. 르노와르는 운명에다 자기 자신을 맡겨 버리려고 결심했다. 그는 기계화 부대에 징집되었으나 전쟁 중 한 번도 실전에 참가한 일은 없었다. 한편, 바질은 전투에 참가하기 위해서 로아브 부대에 합류했다. 4개월 후, 그는 전사하고 르노와르는 커다란 슬픔과 절망에 빠져 버렸다.

　르노와르가 파리에 돌아왔을 때 혁명 정부의 정치적 분위기는 완전히 혼돈 상태였다. 르노와르는 다행히 양쪽 진영에 친구가 있었으므로 큰 위험없이 다부레이 마을과 파리를 왕래할 수 있었다. 파리가 전쟁에서 소생하기 시작했을 때, 르노와르의 친구들은 속속 귀환하기 시작했다. 이전의 화가 집단은 다시 한 번 결속되고, 모네가 지도자의 역할을 했다. 그들은 다시 화필을 들고 인상파의 문턱에서 재출발을 했다. 현실에 대한 시각적 인식을 위한 탐구는 거의 끝나는 단계에 있었으나, 아직은 시작에 불과했다.

　1872년에서 1883년 사이의 시기는 르노와르에게 있어서 인상파 화가로서의 시기였다. 르노와르의 작품은 모네의 작품보다도 무한한 자연 찬가의 환희에 가득 차 있었으나 더 밝은 미래를 가지고, 또한 확신을 안고 프랑스로 돌아온 것은 모네였다. 모네, 피사로, 시슬리 등이 영국에 있었을 때, 그들은 화상인 폴 뒤랑 뤼엘을 만났다. 폴은 바르비존 지역의 화가들의 그림을 꾸준히 사 주고 있었다. 폴은 즉시 그들의 그림을 사 주는 동시에 런던에서 전람회를 열어 주었다. 그리하여 그들은 처음으로 그들의 배후에 열성적인 화상을 갖게 되었다. 르노와르는 이렇게 말하고 있다.「1873년 처음으로 내 생애에 있어서 한 사건이 일어났다. 나는 최초의 화상이었던 뒤랑 뤼엘을 만난 것이다. 그는 오랜 세월을 통해서 나를 믿어 주었던 유일한 화상이었다.」라고. 그러나, 구매자를 끌 수 있는 뒤랑 뤼엘의 능력도 고갈돼 버렸다. 그는 재정적인 곤궁에 빠져들어가자, 당분간 인상파의 그림은 포기하지 않을 수 없었다.

　1874년. 그들의 작품을 소비할 시장 개척의 문제가 다시 한 번 대두 되었다. 그러나, 이번에는 살통에서 소외된 이들 화가들의 개별 전람회가 그 답변이 된 듯했다. 그들은 대중과 비평가의 인정을 받아야 할 시기가 무르익은 것이라고 판단했다. 뒤랑 뤼엘은 실베스터의 서언이 붙은 카탈로그를 준비했다. 실베스터는 그들의 지지자였다. 실베스터는 이렇게 주장했다.「이 젊은 화가들은 혁신적인 화가들이라고는 할 수 없을지는 모르지만, 그들은 분명히 들라크로아, 쿠르베, 밀레, 그리고 코로의 전통을 이어받은 화가들이다.」이 카탈로그는 인상파를 합법적으로 인정하는 최초의 문헌적인 시도라고 할 수 있었다.

　1874년 4월 15일 이 화가들의 모임은 나다르의 사진관에서 최초의 전람회를 가졌다. 모네, 르노와르, 시슬리, 부댕, 피사로, 드가, 세잔, 그리고 모리소 등의 그림들이 소개되었다. 그러나, 실망은 컸다. 대중도 비평가도 그들의 작품을 인정하려 들지 않았다. 사실상 모든 전시 작품들 중에서 르노와르의 여덟 개의 작품이 최선의 작품으로 돋보였다. 전람회는 실패로 돌아가고, 그들은 이듬해 다시 전람회를 열기로 결심했다. 르노와르는 그들의 작품을 경매에 붙이기를 제안했다.

## 큰 실패로 끝난 그림 경매

　1875년 3월 모네, 르노와르, 시슬리, 그리고 모리소 등은 호텔 드루오에서 그들의 작품을 경매에 붙일 준비를 끝냈다. 그러나, 불행하게도 경매는 전람회보다 더욱더 큰 실패로 돌아가고 말았다.

　르노와르에게 있어서, 경매는 하나의 즐거운 사건을 가져다 주었다. 그는 관세국의 하급 관리였던 쇽케씨를 알게되었던 것이다. 이 무렵, 미술 수집을 하기 위해서 부유해야 된다는 법은 없었다. 쇽케 씨는 르노와르의 작품을 사들이기 시작했으며, 또한 르노와르에게 자기 아내의 초상화를 그려 달라고 부탁했다. 경매에서 큰 실패를 겪은 후 르노와르의 사기를 즉시 회복시켜 준 것도 사실은 쇽케 씨의 관대함과 친절이었다. 계속되는 몇 개월 동안, 경매를 목격했었던 다른 후원자들로부터 몇 작품의 위탁이 있었다. 특히 그 중의 클라피송 씨의 가족의 집단 초상화의 위탁은 르노와르에게 1천 2백 프랑의 거액을 가져다 주었다. 그후, 르노와르는 거처를 몽마르트르의 중심으로 옮기고 성 죠오지 가에 스튜디오를 장만했다. 르노와르는 다시 한 번 몽마르트르가 제공한 삶의 기쁨을 누릴 수 있게 되었다. 그리고, 그는 몽마르트르의 거리 풍경을 그리기 시작했다. 1876년에는 〈갈레트의 풍차 (Lemoulim de la Galette)〉가 완성되었다. 르노와르는 1870년대의 파리를 즐겁고 유쾌한 도시, 젊고 아름다운 여자들로 가득 찬 도시, 그리고 화려한 색깔의 의상과 춤이 가슴을 설레이게 하는 도시로 묘사했다. 르노와르는 그가 좋아하는 밝은 빛깔에다 태양과 음영이 군데군데 산재해 있는 그림을 그렸다.

　다음 몇 해 동안을 그는 일 가운데서 지새웠다. 그림의 주제도 다양해졌다. 초상화, 집단적인 구도, 그리고 꽃의 아름다운 배치 등으로 나타났다. 〈춘한(春寒) 앞의 꽃다발〉(Bouquet devant la glace)에 관해서 르노와르는 이렇게 술회하고 있다.

「꽃을 그림으로써 나는 나의 머리에 휴식을 주게
된다. 꽃을 그리게 되면 나는 캔버스를 망친다는
두려움도 없이, 대담하게 가치를 형유하게 된다.」
아마도 르노와르에게 있어서 색채와 빛의 절대적
인 기쁨이 되고 있었던 것은 이와 같은 대담한 실
험의 덕분이었던 것 같다.

화가들은 세번째 전람회를 계획했다. 이번에는
뒤랑 뤼엘의 화랑에서 개최되었으며, 지금까지의 모
든 전람회 중에서도 가장 대표적인 것이었다. 그러
나, 비평가들의 반응은 역시 실망적인 것이었다.
그러나, 르노와르의 공헌도 지금까지의 그의 작품
가운데서 최선의 출품이었다. 출품작들 가운데는
전기한 〈갈레트의 풍차〉, 〈샤르펜티에르 가족의 초
상화〉, 〈여배우 쟌느 사마리의 초상화〉등이 포함
되어 있었다.

## 자신감을 얻은 알제리아 여행

르노와르는 1879년의 살롱전에 〈샤르펜티에르 가
족의 초상화〉를 출품해서 크게 인정을 받았다. 더우
기 샤르펜티에르 부인의 주장과 심사원들에 대한 영
향력 덕분으로 그는 상당한 성공을 거두었다. 또
한 샤르펜티에르 일가를 통해서 르노와르는 또 한
사람의 부유한 후원가 폴 베라르를 만났다. 그들은
곧 절친한 친구가 되었으며 베라르는 그의 딸의 초
상화를 그리기 위하여 르노와르를 디에프 근처에
있는 와르게몽 성으로 초대했다. 파리로 돌아온
후, 르노와르는 다시 그 다음 살롱전을 위한 준
비에 착수했다. 이 무렵 인상파 화가들 사이에는 분
열이 생기기 시작하고 있었다.

수년 동안에 걸친 고투 끝에 르노와르는 상당한
성공을 거뒀음에도 불구하고, 그는 자기 자신에 대
해서 더욱 만족을 느끼지 못하고 있었다. 이때 그
의 나이 40세였다. 그는 자신의 스타일을 확립해
야겠다는 생각을 가졌다. 여전히 그는 자신의 그림
에 만족할 수 없었다. 결국에는 푸르네스를 찾아
가서 자신의 작품에 대한 감정 정리를 했다. 여름
이 끝날 무렵 그는 스튜디오를 옮길 것을 결심했
다. 그리고, 알제리아 여행을 위한 여비를 마련하
기 위해서 큰 일거리를 찾았다. 마침내 그는 경쟁
적인 시장 속에서 일거리를 얻었으며, 카헨 단베르
의 딸의 초상화에 대한 대금을 받고 알제리아 여
행길에 올랐다.

알제리아에의 예술적인 여행은 생산적인 여행은
되지 않았으나, 르노와르는 상당한 자신감을 안고
되돌아왔다. 40세가 된 르노와르는 가정적으로 안
정되어야겠다는 결심을 했다. 오랜 투쟁을 통해서
르노와르는 한 사람의 여인과는 깊은 관계를 갖지
않도록 애를 써 왔다. 그러나 그의 여인들에 대한
애정 행각은 널리 알려져 있는 터이었다. 르노와르
가 미래의 아내 알린 샤리고를 만났을 때, 그녀는
겨우 14세의 소녀였다. 르노와르보다 21세나 젊은
나이였다. 그들은 교외에 있는 간이 식당에서 자

주 만나 식사를 함께 하곤 했다. 이 무렵 결혼에 대
한 진지한 이야기는 없었다. 그러나 강한 우정 관
계에 있었다. 르노와르가 알제리아에서 돌아왔을
때, 알린은 19세의 혼기를 맞이하고 있었다. 그러
나 알린은 르노와르의 망설임을 알아차리고, 그가
오랫 동안 기다리고 있었던 이탈리아 채재에서 돌
아올 때까지 결혼 계획을 연기했다.

1881년의 여름은 르노와르에게 있어서 놀라울 정
도로 흥분된 시기였다. 그는 사랑에 빠져 있었고,
사랑하는 사람들과 사랑하는 장소에 둘러싸여 있
었던 것이다. 르노와르의 인생의 풍요로움을 그의
세 번째 걸작품 〈노젓는 사람의 점심 식사(Le De-
jeuner des Canotieres)〉 가운데 밝게 표현되고
있다. 이 작품의 분위기나 기법은 전기한 〈갈레트
의 풍차〉나 〈라 그른누이에르〉와 같은 계열에 속
한다. 또한 이 그림 속에는 라 그른누이에르의 발
코니에서 전형적인 프랑스의 점심을 먹고 있는 그
의 많은 친구들이 보인다.

드디어 르노와르는 마지막 영혼의 탐구를 위한
여행길에 오르기 위하여 친구들과 알린을 떠나기
로 결심한다. 그는 라파엘로의 제일급의 작품들과 따
가운 햇빛 쪼이는 베니스의 운하를 보기 위하여 갑
자기 떠나 버렸다. 이탈리아에 있어서의 스케치나
제작도 예외 없이 그의 색채와 기법에 관한 실험의
기회를 그에게 줄 수 있었다. 그리고, 이탈리아 여
행의 귀로에 팔레르모의 산장에서 바그너의 초상
을 그리도록 위탁 받았다는 것은 특기할 만한 일이
다.

귀국 후, 그는 다시 파리의 북부 지방을 여행하
고 레스타코에서는 세잔을 방문하기도 했다. 그는
자신의 그림의 세부를 단순화하고, 또한 그의 감정
의 참다운 표현을 달성하기 위하여 북부 지방의 찬
란한 태양 아래서 야외 풍경을 그렸다.

## 21세나 젊은 알린과 결혼

르노와르가 파리로 돌아왔을 때는 알린에 대한
생각만이 그의 머리에 꽉 차 있었다. 그들은 즉시
결혼을 하고 시실리 섬으로 밀월 여행을 떠났다. 밀
월 여행에서 돌아온 후에는 몽마르트르의 화실에서
그들의 새살림을 차렸다. 알린에게서는 그지 없는
만족을 얻었으나, 르노와르는 자신의 작품에 대한
불만이 쌓이기만 했다. 자신의 예술가로서의 자질
을 믿을 수가 없었다. 다음 3년 동안은 르노와르
에게 있어서 자신의 작품과의 투쟁, 그리고 또 자
신의 중요한 결점, 즉 대상과의 투쟁이었다. 그는
다시 루브르를 찾아가서 옛날 대가의 작품 연구에
몰두했다. 그리고, 의식적으로 인간의 형태에 관한
연구를 다시 시작했다. 이 시기의 그의 그림은 초
기 작품에 나타나 있는 관능적인 격조는 볼 수 없
고, 거칠고 선형(線形)을 이루고 있었다.

1883년 르노와르는 게른시 섬으로 휴가차 그림
을 그리려 갔다. 다른 이전의 여행과 마찬가지로

이번 여행은 유달리 생산적인 여행이 되었다. 두 달 후, 그는 모네와 함께 남프랑스에서 살고 있었던 세잔을 방문했다. 그러나, 그들은 전과 같이 함께 제작하는 일은 없었다.

파리로 돌아왔을 때 르노와르는 자신의 제작 주문이 점점 줄어들고 있음을 알았다. 그리고, 그 후 6, 7년 동안, 그의 작품은 거의 팔리지 않았으며 다만 자신의 거친 선행의 스타일에 대한 실험에만 몰두했다.

1885년 르노와르는 자신의 침체기에서 벗어났다. 그러나, 성숙한 새로운 르노와르의 스타일로 생각되는 예술적인 표현을 발견했다. 라 로슈 기용에다 새로운 거처를 마련하고 이곳에서 그는 자신의 그림에 대한 새로운 감성을 발견하고 느끼기 시작했다. 그러나, 이것은 르노와르의 투쟁의 시작에 불과했으며, 그후 10년 동안 이 투쟁은 계속되었다.

이 기간 동안 르노와르의 작품은 매우 딱딱하고 생명이 없는 성질을 띠고 있었다. 그는 앵그르의 걸작품 뒤에 숨어 있는 비밀을 추적하고 있었다. 이 무렵 인상파는 처음으로 하나의 합법적인 미술의 유파로 인정되었으나, 르노와르는 여기에 가담하기를 거부하고, 18세기의 대가들로 되돌아가서 그들을 탐구하고 있었다. 이 무렵 르노와르는 광범위하게 프랑스와 유럽을 여행했다. 그는 한군데서 몇 개월을 머물러 있지를 못했다. 르노와르가 류머티즘에 걸린 것도 이 무렵이었다.

## 누드화에 이은 제정적 성공

1895년 르노와르는 오랜 세월 동안 고투 끝에 찾았던 새로운 스타일을 획득했다. 색채는 명랑하고 격조는 밝고 고요했다. 모든 작품에서 딱딱한 맛과 고정성(固定性)이 사라졌다. 이 시기에 그는 수많은 어린이들을 그렸다. 작품마다 대상의 완벽성과 섬세한 색채의 조화성은 오랜 세월의 투쟁을 말해 주고 있었다. 이 무렵 그의 나체화의 제작이 시작되고 있었다. 함께 생활하고 있었던, 하녀 겸 보모 노릇을 했던 두 부인이 훌륭한 누드 모델이 되어 주었다. 성실하고 건강한 육체의 모델들이었다. 이들 두 부인의 누드화가 파리의 화상의 관심을 끌었다.

다음 몇 해 동안에는 재정적인 성공이 찾아왔다. 그리하여 드디어 1904년에는, 즉 63세가 된 르노와르에게는 살아 있는 가장 위대한 프랑스의 화가의 한 사람이라는 영광이 찾아왔다.

그러나, 불행하게도 그의 건강은 기울어지기 시작했다. 그는 에쏘이에라는 곳에 새집을 장만했다. 아내와 옛날에 한 번 산 적이 있었던 집이었다. 어느 비오는 날이었다. 르노와르는 자전거를 타고 가다가 굴렀다. 팔의 골절상을 입었다. 환골은 되었으나, 뼈는 다시 정상적으로 낫기는 어렵게 되었

다. 그의 팔에는 관절염이 생기고 말았던 것이다.

그러나, 르노와르는 그의 영광스런 제작 활동을 중단하지는 않았다. 또한 그는 수많은 온천을 찾아다니면서 류머티즘 관절염의 치료도 계속했다. 1903년 무렵, 그는 남프랑스의 까네로 거처를 옮겼다. 따뜻한 태양 아래서 최소한의 고통으로 제작을 계속할 수 있으리라는 희망에서였다.

그는 겨울철을 이곳에서 제작하면서 보냈다. 류머티즘은 몸의 기형을 가져오고 관절염은 팔의 기형을 가져왔다. 그러나 그는 여전히 인생의 추함이 아니라, 인생의 아름다움을 꾸준히 그려 나갔다.

## 붉은 색채의 시기

1908년은 르노와르의 새로운 제작기가 된다. 즉 그의 붉은 색채의 시기였다. 작품마다 인생의 개화기(開花期)를 상징하는 듯한 붉은 색채가 파도치고 있는 것이었다. 붉은 색채와의 사랑은 르노와르의 인생의 경이를 즐길 수 있는 마지막 기회가 되었던 것이다.

1912년 그에게는 류머티즘의 격렬한 통증이 찾아왔다. 마침내 그의 손발은 마비되고 말았다. 이 듬해, 그는 수술을 받아 수족의 부분적인 회복은 되었으나 휠체어에다 몸을 싣게 되는 운명이 되고 말았다. 그러나, 이러한 역경도 르노와르에게 화필을 놓게 하지는 못했다.

75세가 되었을 때, 르노와르는 더 이상 붓을 잡을 수 없었다. 그러나, 그는 붓을 팔에다 고정시키고 팔레트를 무릎 위에 놓고 여전히 제작을 했다. 이러한 절망적인 시기에 앙드레라고 하는 16세의 처녀가 모델로서 르노와르에게 소개되었다. 르노와르에게 있어서 앙드레의 놀라운 피부의 격조는 최선의 치료가 되었다. 그는 놀라운 속도로 그림을 그렸다. 목욕하는 장면 나체화를 그렸다. 르노와르는 20세의 젊은이가 된 듯했다. 이러한 생명의 소생은 1919년까지 지속되었다. 그가 죽기 직전, 개인전이 열리고 있는 루브르에 참관해 달라는 초대에 응했다. 거기서 르노와르는 자신의 많은 작품들과 옛날의 인상파 동료 화가들의 작품을 볼 수 있었다. 오랜 세월 동안 살롱전에 받아들여지지 않았다가 이렇게 국가의 영예를 받아 제자리에 전시되었다는 것은 마지막 하나의 짓궂은 장난인 동시에 르노와르를 잊지 않았다는 말도 되는 것이었다. 노구를 이끌고 까네로 돌아온 르노와르는 더 한층 열성적으로 그림을 그렸다. 그러나, 그는 시간은 이미 그에게 친구가 아니라는 것을 알았다. 그해 11월에 폐렴에 걸린 후, 그는 회복하지 못하고 말았다. 기쁨을 가져다 주는 것을 그리기를 고집했고, 그의 그림을 본 사람에게 무한한 행복을 가져다 주었던 것을 또한 그리기를 고집했던 이 사나이는 더 이상 그림을 그리지 않게 된 것이다.